《中文學術寫作入門

寫作入門

范家偉 ———— 著

中華書局

目錄

寫作背景

1. 本書預設的讀者是初入大學的低年級學生，從中學轉入大學的同學。他們從第一個學期開始學習寫學期論文，過程中往往會有許多疑惑，不知如何入門。如果你是大學高年級生（指三、四年級生）或是研究生，本書不適合你。

2. 本書從大學低年級生最常見的問題入手，讓他們了解寫學期論文要注意的地方，而且針對的是香港學生。

3. 本書想多舉一些例子做說明，舉反面例子很容易，但不想引起無謂爭論，會慎選反面例子。

4. 本書只能算是個人經驗的總結，不是研究著作，也不是學術論文。筆者為讓同學更容易理解書中內容，不會依學術論文的形式來表達。

5. 讀者也許有更好的方法和參考書單，以及更值得學習的範例。正所謂「各施各法」，本書只想指導低年級生入門，寫成一篇學期論文，不是引領他們做出色的研究（筆者也沒有本事），更不是提供全面完備的書單、參考網站。

6.　本書例子或思考的角度，多從中國史出發，這與筆者的學習經歷有關。

7.　本書想引導低年級生寫學期論文，希望寫得簡單易明。較為繁瑣的原文，移入附錄，有興趣的同學可以參看。

8.　內文有些地方會引用英文著作，為保留原文意思，不另作翻譯。這些英文都很簡單易明，即使中學生也能理解。

9.　本書參考或引用的網站，資料有可能會更新。同學參看時，或與本書引用略有出入。

10.　筆者當然知道讀者會以書中所說內容檢視本書。筆者只是盡所能去做，讓同學在學習中盡量注意一些要注意的地方而已。

凡例

1. 書中以「同學」稱低年級生。

2. 書中以「筆者」稱本書作者。

3. 書中徵引學者名字時，不再稱老師、先生、教授、博士。筆者受益於學者著作極多，對他們非常尊重，也很感激。書中徵引的學者，也有不少是筆者的老師。但為行文方便，省略客套稱謂。

4. 在引文後，筆者若要進一步解釋，用〔　〕，以示區別。

5. 書中注釋格式依《新亞學報》稿例。

6. 國內書籍所用標點符號與香港不同，引用時會有改動。

前言

A. 甚麼是學術寫作？

　　101 寫作課是美國許多大學的基礎課程。教人寫論文的書籍和網站極多，中、英文都有。彭明輝在 2017 年出版《研究生完全求生手冊：方法、秘訣、潛規則》，很受讀者歡迎，筆者也深受教益。[1]《芝加哥大學論文寫作指南》更新至第九版，中譯本在 2015 年面世；[2] 同作者另有一本專為大學生而寫的指南，同樣流行。[3] 同學在網路一查，隨時可以找到數十本以「academic writing」為名的書。用中文寫的也有很多，不勝枚舉。[4] 國家市場監督管理總局、國家標準化管理委員會也在 2022 年發佈了《學術論文編寫規則》。[5]

　　專門針對歷史學論文寫作的參考書，也是有的。[6] 這些書很有用，但若要選一本適合香港學生用的，頗為困難。原因有三：

1.　這些書不是以香港學生為對象。香港同學的問題包括：不懂寫作格式，尤其是注釋、參考書目；不知怎樣找題目做學期論文；不知自己的做法算

不算是抄襲。

2. 這些書寫得很專門，有教人寫博士論文，有教人發表論文，同學只是寫學期論文，不一定能用得上。

3. 這些書不是以中國文史研究為對象，所舉例子對同學來說很生疏（香港俗語稱為「離地」），沒有共鳴，難以採用。

學期論文屬學術論文範疇，應秉持嚴謹態度來寫。儘管各學科有各自的規範，學術論文與非學術論文之間，仍有其區別。在網路上有許多介紹「甚麼是學術寫作？」的網站，分別強調不同方面，很難找到統一定義。[7] 筆者認為英國列斯大學（University of Leeds）圖書館網站所列「What is Academic Writing?」的三點說明，值得參考：

1. Academic writing is clear, focussed, structured and supported by relevant evidence and references.

2. Whilst academic writing requires a formal tone and style, it does not require the use of complex, long sentences and complicated vocabulary. It should present an argument in a logical manner and should be easy to follow using clear and concise language.[8]

3. Each subject discipline has certain writing conventions, vocabulary and types of discourse that you will become familiar with over the course of your degree.[9]

網站進一步從四個方面解釋：

1. Plan and focus: A good plan helps you to: define and organize your argument before tackling your first draft; produce a clear, coherent, and well-structured essay; stay focused on answering the question. [有論述主旨]

2. Structure your writing: Create the overall structure; arrange your points in a logical order. [內容鋪排有邏輯順序，論點與資料之間有連繫。]

3. Language and style: Academic writing is concise, clear, formal and uses a mixture of the active and passive voices. It does not need to be complex or use long sentences and obscure vocabulary.

4. Revise, edit and proofread: Writing is an iterative process, which means that you may produce several drafts of a piece of work...It is important that you leave time to revise, edit and proofread your writing. We suggest that you: build it into your overall plan and timings; leave a day between each stage of the process so you can look again at the content with fresh eyes; try to read your writing from your audience's point of view. [10]

　　其實，資料、證據是依靠注釋和參考書目支撐的。同學一般輕視注釋和參考書目在文章中的作用，既不注意格式，也不準確地書寫出版訊息。國際期刊主編收到投稿，假如參考書目用的近人論著太舊或出版訊息不完整，就會考慮

退稿。可想而知，做好參考書目是第一步。

彭明輝《研究生完全求生手冊：方法、秘訣、潛規則》提出學術著作七個基本要件：

1. 原創性
2. 可靠的證據支持
3. 批判性的檢視過程 [11]
4. 理論性、系統性與一致性
5. 客觀性與可重複性
6. 跟學術界的明確關係與對話 [12]
7. 清晰的文體與敘述 [13]

學期論文能夠做到「原創性與貢獻」，不太可能。「理論性、系統性與一致性」、「客觀性與可重複性」是科學、醫學論文的要求，也可以置於一旁。如果能夠做到「可靠的證據」、「跟學術界的明確關係」、「清晰文體」，已是很好的學期論文。再進一步有「批判性的檢證」，則更是佳作。

同學初入大學，最重要是熟習圖書館資源，包括書籍、期刊、電子資源，懂得利用它們，才能寫出好的學期論文。與此同時，同學在低年級時如能養成做論文的嚴謹態度和習慣，那就更好。最終，筆者當然希望同學具備「表達與創作能力」、「文獻分析、歸納、批判能力」、「發掘問題能力」。

香港俗語說：「講就天下無敵，做就有心無力。」下文所述，純屬經驗之談。說如何如何，當然容易。同學要做

到，決非一朝一夕，需要不斷磨練，沒有捷徑。即使同學學了，很快就忘記，下一學期立即故態復萌。學期過後，會將老師講義再看的人，萬中無一。因此，筆者出版本書的目的，是希望同學在學期過後，仍有參考資料可用。本書並非一部學術論著，讀者讀畢本書，可能會發現有些地方筆者也做不到。

B. 寫論文前要知道的事情

猶記得筆者初入大學的時代，流行抄咭片，在圖書館找書也是查咭片。抄咭片好處是親手過錄一遍，真正有用的資料才摘錄下來，記憶特別深刻。三十多年前，筆者曾拜候嚴耕望，看到他書房全是鞋盒，盒裏裝滿分門別類的手抄咭片。抄咭片今天已成絕響，代之而起是使用 Word、OneNote、Notion、Marginnote、Scrintal 等集許多功能於一身的軟件或程式。Word 功能很多，包括設定字號、字型、快速鍵；使用縮排、排序功能；打日文字、符號、全形、中文標點、製作目錄等等。同學如能純熟使用 Word，必然事半功倍。

香港各家大學圖書館都有電子資源、館際互借、「港書網（HKALL）」服務。各館的電子資源、特別館藏都不一樣，同學要花時間了解，例如香港城市大學圖書館有「中國法律史特藏書庫」，購藏《韓國歷代文集叢書》、《燕行錄全集》。熟悉圖書館及其資源，是同學讀大學必須掌握的事項。

　　網路上也有很多有用的資源，懂得利用，四年大學生涯可以省下不少時間。Google Scholar 查閱研究資料很有用和方便，懂得利用它，至為重要。

　　目前論文數據庫很多，論文唾手可得，同學不用再排隊影印。在尚未數字化的時代，接收研究資訊沒有今天容易，要經常到圖書館查看刊物。今天圖書館已極少購入紙本期刊。無論如何，重要的中外文期刊，同學總需選擇幾本，留意它們每期的文章。英文期刊網站、手機應用程式的服務都很好，[14] 可透過電子郵件、手機設定通知，接收最新訊息。

　　還有網站提供電子書、論文下載，例如 Internet Archive 和 Library Genesis；也有專門供學者存放個人研究論文的網站，例如 ResearchGate 和 Academia。海內外圖書館和研究機構有不少數據庫。[15] 在微信上，筆者看到有學者介紹「東京大學東洋文化研究所所藏雙紅堂文庫全文影像數據庫」、「East Asia Digital Library」、「書同文古籍數據庫」、「Late Qing and Republican-Era Chinese Newspapers」、「中國近現代史研究相關數據庫」、「California Digital Newspaper Collection」、「國際國內常見古文字資料網站匯編」。歷史地圖、舊照片、報章、檔案的數據庫，在網上很容易找到。同學搜尋即可以知道，有些是註冊後免費使用。但是，對同學來說，多利用大學圖書館，看看書，學到的應會更多。

　　在資訊科技發達的年代，利用資訊科技輔助歷史研究是

大趨勢。[16] 數字人文包含內容極廣，諸如數據庫、資訊地理系統（GIS）、數位博物館，均被納入當中行列。北京清華大學建立「數字人文門戶網站」，收集文史哲數據庫；中國人民大學亦設立「數字人文研究中心」，出版《數字人文研究》期刊，並介紹全球各地資訊科技與歷史研究項目。國內大學諸如北京大學、武漢大學、南京大學、北京師範大學，台灣的台灣大學、中央研究院，國外大學諸如牛津大學、普林斯頓大學、耶魯大學、倫敦大學學院等，都設有數字人文中心。還有專題形式的網站，如「中國歷代人物傳記資料庫」、「中國古典文獻資源導航系統」、「盛宣懷檔案知識庫」、「中國家譜知識服務平台」、「佛學專題研究與數位資源之應用」、「《大明一統志》地理資訊系統」、「中國歷史文獻總庫」、「中國近代文獻資料庫」等等。台灣「數位典藏與數位學習計劃百科」、「中央研究院數位人文學研究室」提供台灣製作的數位典藏成果。對同學來說，以教學為目的的數字人文，結合文獻、圖像、地圖、歷史資料的計劃，非常有用，例如「玄奘西域行」。

C. 學習方法

學習寫論文最好的方法，當然是親身實踐，不斷在寫作中學習，運用學到的知識，也要戒除不良的習慣。跟學游泳一樣，自己不跳入水中，永遠學不會。前面舉出專門教人寫論文的書籍，同學可選一本最感興趣的入手，了解別人說

的道理和原則。此外，每個學期過後，把自己寫的論文拿出來，重新修正錯誤的地方，警惕不要犯同樣的錯誤。又或找個相熟的同學，大家交換一篇學期論文，互相修改。找別人的錯誤，總會容易一些。《東坡志林》記：「頃歲，孫莘老識歐陽文忠公，嘗乘間以文字問之，云：『無他術，唯勤讀書而多為之，自工。世人患作文字少，又懶讀書，每一篇出，即求過人，如此少有至者。疵病不必待人指摘，多作自能見之。』此公以其嘗試者告人，故尤有味。」[17] 多寫乃不二法門。

　　同學閱讀論文時，不要只顧別人說甚麼，要了解別人用甚麼資料，如何論證、鋪排、落注、考證、表達等多方面。分析別人如何寫，是好方法 —— 當然，要拿公認好的學者論文做學習對象。羅馬並非一天建成，寫論文也是，好論文看多了，潛移默化。王汎森分享他寫論文的經驗說：

　　　　我剛到美國唸書的時候，每次寫報告頭皮就重的不得了，因為我們的英文報告三、四十頁，一個學期有四門課的話就有一百六十頁，可是你連註腳都要從頭學習。後來我找到一個好辦法，就是我每次要寫的時候，把一篇我最喜歡的論文放在旁邊，雖然他寫的題目跟我寫的都沒關係，不過我每次都看他如何寫，看看他的註腳、讀幾行，然後我就開始寫。……我學習它裡面如何思考、如何構思、如何照顧全體、如何用英文作註腳。好好的把一位大師的作品讀完，開始模仿和學習他，是入門最好的方法，逐步的，你也開始寫出自己的東西。[18]

其實，同學學懂清晰地表達，有條理地陳述理據，已經很不錯。

坊間有許多教人寫論文的書，筆者推薦其中五部。第一部是嚴耕望《治史經驗談》、《治史答問》。兩書原在上世紀 80 年代由台灣商務印書館出版，後來上海人民出版社將兩者與《錢賓四先生與我》合集，成為《治史三書》。[19] 嚴氏總結個人治史經驗，條理井然，簡單易明，例子極佳。第二部是榮新江《學術訓練與學術規範：中國古代史研究入門》。[20] 此書是榮氏在北京大學歷史系授課的講義，內容豐富，簡單易明，亦很適合同學。第三部是葛劍雄主編《通識寫作 ── 怎樣進行學術表達》。[21] 此書寫得要言不繁，從選題到寫英文注釋，包含在不同章節中。第四部是周振甫《文章例話》。[22] 此書出版得更早，相對前三書來說，內容有點艱深，但周振甫講解得很好，每章很短小，總結古人讀書撰文的經驗和看法，兼且選例、分析極佳。第五部是徐有富《學術論文寫作十講》。[23] 此書引用例子以中國文學為主，並引錄近代名家治學經驗。當然，還有許多很好的書，能令讀者終生受益，以上五書只是管見所及。

D. 格式為何重要？

同學可能聽過一個「酒與污水定律」。如果將一匙污水倒入美酒之中，美酒變成污水；反過來，如果將一匙美酒倒入污水之中，污水仍然是污水，不會變成美酒。[24] 引申來說，

論文就是美酒，沒有做好格式就是污水。論文不管論點多好，內容多驚天動地，只要格式做得不好，再好的論文也會受玷污。

　　管理學又有一個「木桶理論」。一個木桶能夠盛多少水，不在於木桶最長的木板，反而取決於最短的木板。[25] 有時，一篇論文能拿多少分，不在於它有幾多優點，而在於它有幾少缺點。不管論文的論點多好，抄錯引文，由此引申出來的論點，你能相信嗎？

　　香港同學常犯格式錯誤，可以總結為以下情況：

1.　第一行不縮入兩格。[十有二三同學會這樣]
2.　錯別字滿篇。
3.　繁簡轉換時出問題，例如「云」、「雲」不分。
4.　混用繁簡體字標點符號。
5.　無參考書目和注釋。
6.　注釋出版訊息不全，缺出版地、頁碼最常見。
7.　參考書目格式錯誤，不知道第一行頂格，第二行縮格；又不知如何排次序。
8.　字體、字號不統一。
9.　沒有校正引文。
10.　文言文標點不通。
11.　使用英文資料時，胡亂譯成中文。
12.　英文書只據中譯本，不查看原書。
13.　為了炫耀英語能力，在中文名詞之後硬加上英譯。
14.　附圖不清晰。

15. 引用不恰當的資料。[如每日頭條、維基百科、壹讀、《辭海》、《辭源》等。]

16. 章節分類不統一，例如前面用 1、2、3，後面則用一、二、三。

17. 行距不統一。

18. 封面寫錯老師名字、課程名稱、課程編號。

很多年前，筆者見過同學交來的論文，內文竟寫着「錢師賓四說甚麼甚麼」。該同學不可能上過錢穆的課，只是沒頭沒腦，瞎抄回來。

王汎森在〈如果讓我重做一次研究生〉說：

　　另外一個最基本的訓練，就是平時不管你寫一萬字、三萬字、五萬字都要養成遵照學術規範的習慣，要讓它自然天成，就是說你論文的註腳、格式，在一開始進入研究生的階段就要培養成為你生命中的一個部分，如果這個習慣沒有養成，人家就會覺得這個論文不嚴謹，而且之後修改也要花很多時間，因為你論文規範很大，可能幾百頁，如果一開始弄錯了，後來再重頭改到尾，一定很耗時費力，因此要在一開始就養成習慣，因為我們是在寫論文而不是在寫散文，哪一個逗點應該在哪裏、哪一個書名號在哪裏、哪一個地方要用引號、哪一個要什麼標點符號，都有一定的規定，用中文寫還好，用英文有一大堆簡稱……各位要儘早學會中英文的寫作規範，慢慢練習，最後隨性下筆，就能寫出符合

規範的文章。[26]

　　王氏此說雖是針對研究生，但對本科生來說同樣適用。同學宜盡早養成遵照學術規範的習慣，不論選修甚麼課，中英文論文都按規範格式來寫，才能養成嚴謹的治學態度。

注釋

1　彭明輝,《研究生完全求生手冊：方法、秘訣、潛規則》（台北：聯經出版事業公司,2017）。

2　Kate Turabian, *A Manual for Writers of Research Papers, Theses, and Dissertations*, Ninth Edition (Chicago: The University of Chicago Press, 2018). 中譯本據第八版,凱特・L・杜拉賓,西蕾譯,《芝加哥大學論文寫作指南》（北京：新華出版社,2015）。

3　Kate Turabian, *Student's Guide for Writing College Papers*, Fifth Edition (Chicago: The University of Chicago Press, 2019).

4　王雨磊,《學術論文寫作與發表指引》（北京：中國人民大學出版社,2017）。林慶彰,《學術論文寫作指引（第二版）》（台北：萬卷樓,2011）。蔡柏盈,《從字句到結構：學術論文寫作指引》（台北：國立台灣大學出版社中心,2015）。蔡柏盈,《從段落到篇章：學術論文寫作指引》（台北：國立台灣大學出版社中心,2010）。

5　國家市場監督管理總局、國家標準化管理委員會,《學術論文編寫規則》。https://www.sohu.com/a/638817091_121124518（2022 年 3 月 14 日檢索）。

6　Richard Marius and Melvin Page, *A Short Guide to Writing about History*, Ninth Edition (Boston: Pearson, 2015). 中譯本據第九版,理查德・馬里厄斯、梅爾文・佩吉,《歷史寫作簡明指南》（成都：後浪出版公司,2018）。田澍,《史學論文寫作教程》（蘭州：甘肅人民出版社,2011）。宋冬霞,《史學論文寫作》（南京：南京大學出版社,2015）。焦培民,《史學論文寫作》（北京：社會科學文獻出版社,2015）。

7　例如 The Online Writing and Learning Link of Massey University, "What is Academic Writing," https://owll.massey.ac.nz/academic-writing/what-is-academic-writing.php (accessed February 23, 2022). Griffith University, "Academic Writing," https://www.griffith.edu.au/library/research-publishing/academic-writing (accessed February 23, 2022). 有關「學術」一詞含意,參李伯重,〈論學術與學術標準〉,《社會科學論壇》,期 3（2005 年 3 月）,頁 5-14。

8　有一篇題為〈康德的倫理學很爛〉的論文,在學術期刊發表,被批語言輕佻,近於市井。《新京報》,2020 年 12 月 21 日。http://epaper.bjnews.com.cn/html/2020-12/21/content_795016.htm?div=-1https://plato.stanford.edu/entries/kant-moral/（2022 年 3 月 14 日檢索）。

9　Library of University of Leeds, "Writing," https://library.leeds.ac.uk/info/14011/writing (accessed December 19, 2022).

10　Library of University of Leeds, "Writing."

11　彭明輝指出：「這些證據被可靠的理論架構整合在一起，嚴謹地分析與歸納它們所隱含各種可能的推論（implications）與矛盾，檢視各種可能的假説與詮譯後，剔除所有可被質疑的詮譯或解釋，然後保留經得起批判性檢視的洞見、知識或解決方案，並嚴謹地論證其合理性。」彭明輝，《研究生完全求生手冊：方法、秘訣、潛規則》，第 2 章〈黃金與糞土 —— 學術著作的要件與良窳〉，頁 44。

12　彭明輝指出：「上述發現在既有學術知識體系中具有明確的位置（positioning）與對話的對象，可以清楚地判斷它們跟既有學術知識的繼承關係、競爭關係和取代關係，可以用既有學術知識為基礎去檢證其有效性，也可以跟既有學術知識接軌而擴大其應用價值。」彭明輝，《研究生完全求生手冊：方法、秘訣、潛規則》，第 2 章〈黃金與糞土 —— 學術著作的要件與良窳〉，頁 45。

13　彭明輝，《研究生完全求生手冊：方法、秘訣、潛規則》，第 2 章〈黃金與糞土 —— 學術著作的要件與良窳〉，頁 53。引文據該書頁 53「本章重點回顧」，與書中文句略有出入。

14　手機應用程式 Researcher，使用者可以自選要看的期刊、設定關鍵詞提示。ResearchGate、Academia 亦有手機應用程式。

15　JianSuoKe.com 是收集有關不同數據庫的網站，可參考。JianSuoKe.com, https://www.jiansuoke.com (accessed December 19, 2022).

16　舒健主編，《大數據時代的歷史研究》（上海：上海譯文出版社，2018）。

17　〔宋〕蘇軾撰，趙學智校注，《東坡志林》（西安：三秦出版社，2003），卷 1，〈學問〉，頁 53-54。

18　王汎森，〈如果讓我重做一次研究生〉，收入王汎森，《天才為何成群而來》（台北：允晨出版社，2019），頁 140。

19　嚴耕望，《治史經驗談》（台北：台灣商務印書館，1981）。嚴耕望，《治史答問》（台北：台灣商務印書館，1985）。嚴耕望，《自己的歷史課：嚴耕望的治史三書》（台北：台灣商務印書館，2018）。嚴耕望，《治史三書》（上海：上海人民出版社，2011）。2016 年，上海人民出版社出版增訂本，加上一節虞雲國〈金針度人的治學入門書 ——《治史三書》導讀〉。嚴氏此書在國內外均受重視，成為學術寫作經常引用的書。

20　榮新江，《學術訓練與學術規範：中國古代史研究入門》（北京：北京大學出版社，2011）。

21　葛劍雄主編，《通識寫作 —— 怎樣進行學術表達》（上海：上海人民出版社，2020）。

22　周振甫，《文章例話》（北京：中國青年出版社，1983）。此書有多
　　個版本，中國青年出版社和江蘇教育出版社在 2006 年分別推出新
　　的版本。

23　徐有富，《學術論文寫作十講》（北京：北京大學出版社，2019）。

24　李原編著，《墨菲定律：世界上最有趣最有用的定律》（北京：中國
　　華僑出版社，2013），頁 298-300。

25　李原編著，《墨菲定律：世界上最有趣最有用的定律》，頁 34-36。

26　王汎森，〈如果讓我重做一次研究生〉，收入王汎森，《天才為何成
　　群而來》，頁 138。

二

學術倫理的規範及
其重要意義

葛劍雄指出學術寫作的基礎是問題意識、創新精神、學術規範。[1] 問題意識、創新精神須靠同學不斷閱讀，反覆思考，努力書寫，才能達致。本節要講的則是學術規範。

A. 造假

在學術界，違反學術倫理，很可能導致悲慘的結局。歐洲有政治領袖因博士論文被揭發抄襲，需要辭職。韓國黃禹錫，日本小保方晴子、佐藤能啟等造假事件，鬧得很大。小保方晴子的論文導師笹井芳樹、學者佐藤能啟更因而自殺。論文造假帶來的巨大影響，可能超乎想像。[2] 一般來說，如有論文造假，論文會被撤稿，作者則遭辭退、降職。據 *British Medical Journal* 在 2018 年 9 月 19 日的一篇報道，美國哈佛大學皮耶羅・安韋薩（Piero Anversa）是心肌再生領域專家，其論文因被發現造假，遭期刊撤稿外，他還要接受調查。報道引述一位專家說，皮耶羅・安韋薩對這個研究領域造成極大傷害，他工作的醫院需向美國政府賠償所獲研究

經費。[3]有專家指出：「世界各國幾乎所有相關研究都是根據他的基礎研究進行後續探索的」、「這次撤稿事件的影響是全球性的，直接否定和扼殺了心臟幹細胞領域，是學術界非常嚴重的事件」。[4]國外有專門的學術打假網站，揭露學者的不端行為。[5]

台灣學術倫理教育資源中心列出「不當研究行為：定義與類型」，包括資料蒐集程序不當、造假與變造研究資料、抄襲與剽竊、不當之作者定義和不當掛名、重複發表／出版研究成果和申請計劃。[6]

就同學而言，「一魚兩吃」即一份功課交去不同科目。目前，大學要求同學提交論文前先經抄襲軟件核查，但相信仍很難杜絕。「代寫」即找人代做功課，或者同組同學沒有做，為免影響自己的成績，唯有代做。「翻譯代替原創」即把一篇已出版文章譯成另一種文字，當成自己原創的論文提交，中譯英或英譯中，都不罕見。

據「不當研究行為：定義與類型」網站說明：「造假（fabrication）是指研究者偽造、虛構研究過程中不存在的資料，包括視覺圖像、數據資料，以及研究程序或結果等，並將虛構的資料作為研究成果，甚至發表為研究著作。變造（falsification）則是指研究者刻意操弄研究資料、研究過程、儀器設備等，或是更改和刪除研究數據，以期符合預期的研究假設；變造也包含刻意隱藏未符預期或矛盾的研究成果、過度美化研究資料，導致研究結果無法真實、正確地呈現。」[7]1981年，美國史學界發生一宗爭議很大的亞伯翰

（David Abraham）案件。余英時曾在一篇論文介紹此案。[8]據《紐約時報》1984 年 12 月 23 日報道，事緣亞伯翰於 1981 年將他在芝加哥大學的博士論文改寫成 *The Collapse of the Weimar Republic: Political Economy and Crisis* 一書，由普林斯頓大學出版社（Princeton University Press）出版。以耶魯大學亨利・特納（Henry Turner）為首的學者，指控此書引用德文資料極多失誤，特別是檔案資料，屬捏造與篡改研究資料。[9]事情來龍去脈極為複雜，有興趣的同學，可以看看《紐約時報》網上版報道。亞伯翰是否屬無心之失，固然可以討論，但假如論文引用資料不當或錯誤，可能會遭嚴重指控。

也有學者是刻意造假。有報道說，英國史前考古學家詹姆斯・梅拉特（James Mellaart）在土耳其考古學研究有重要貢獻，死後，友人整理其遺物時，發現他偽造壁畫和碑文。[10]日本業餘考古學者藤村新一有「上帝之手」的稱號，自 1980 年代開始在日本多處發現舊石器時代遺址及出土石器，不斷推前日本歷史開端，最誇張是挖到 70 萬年前的石器。他的發現更寫入教科書。2000 年，一位記者跟蹤藤村新一，發現他預先將石器埋藏，然後假裝成大發現。日本考古學研究因而遭受嚴重打擊。[11]當然，同學不可能有上述能耐，但仍必須留意無心之失，例如抄錯引文、抄漏引文、錯誤理解他人觀點、書籍內容張冠李戴等。

B. 抄襲

　　牛津大學網站對抄襲有簡明定義：「Plagiarism is presenting someone else's work or ideas as your own, with or without their consent, by incorporating it into your work without full acknowledgement.」[12] 這範圍可以很廣，舉凡字句、觀點、圖表、構想、成果等都包括在內。Turnitin 網站 The Plagiarism Spectrum 在 2012 年統計十種中學生和大學生常見的抄襲形式：

1. Clone: Submitting another's work, word-for-word, as one's own.

2. CTRL＋C: Contains significant portions of text from a single source without alterations.

3. Find—Replace: Changing key words and phrases but retaining the essential content of the source.

4. Remix: Paraphrasing from multiple sources, made to fit together.

5. Recycle: Borrows generously from the writer's previous work without citation.

6. Hybrid: Combines perfectly cited sources with copied passages without citation.

7. Mashup: Mixes copied material from multiple sources.

8. 404 Error: Includes citations to non-existent or inaccurate information about sources.

9. Aggregator: Includes proper citation to sources, but the

paper contains almost no original work.

10. Re-Tweet: Includes proper citation, but relies too closely on the text's original wording and/or structure.[13]

十年之後（2022年），Turnitin網站因應中學生和大學生抄襲方式進化，推出The Plagiarism Spectrum 2.0列出十二種目前最常見的抄襲形式：

1. Student Collusion: Working with other students on an assignment meant for individual assessment.

2. Word-for-Word Plagiarism: Copying and pasting content without proper attribution.

3. Self Plagiarism: Reusing one's previously published or submitted work without proper attribution.

4. Mosaic Plagiarism: Weaving phrases and text from several sources into one's own work. Adjusting sentences without quotation marks or attribution.

5. Software-based Text Modification: Taking content written by another and running it through a software tool (text spinner, translation engine) to evade plagiarism detection.

6. Contract Cheating: Engaging a third party (for free, for pay, or in-kind) to complete an assignment and representing that as one's own work.

7. Inadvertent Plagiarism: Forgetting to properly cite or quote a source or unintentional paraphrasing.

8. Paraphrase Plagiarism: Rephrasing a source's ideas without proper attribution.

9. Computer Code Plagiarism: Copying or adapting source code without permission from and attribution to the original creator.

10. Source-based Plagiarism: Providing inaccurate or incomplete information about sources such that they cannot be found.

11. Manual Text Modification: Manipulating text with the intention of misleading plagiarism detection software.

12. Data Plagiarism: Falsifying or fabricating data or improperly appropriating someone else's work, putting a researcher, institution, or publisher's reputation in jeopardy. [14]

抄襲意味搶奪別人的成果和財產，不誠實謀取利益，而抄襲者沒有能力完成課程，當然更沒有創新能力。隨着人工智能普及，抄襲方式又會再進化。

在中文學術界，常有以翻譯代替原創，尤見於外國史研究。研究者將國外學者的英文、法文、德文、日文著作，譯成中文後以自己的名字出版，時有所聞。同學搜尋一下YouTube 即有相關報道。

C. 不正當掛名

一篇題為〈高等教育畸形化：一篇論文「掛名」一堆作

者、千篇論文不如解「一道難題」〉的文章，報道了學術界的亂象：

> 掛名做為學術權力關係的延展：台灣以及東亞的學術界在激烈競爭下，出現了幾種奇特的掛名方式，最常見的是老師 ── 學生掛名，老師因為指導學生論文因而掛名；其次，指導教授 ── 博士後研究掛名，博士後研究申請科技部計劃需要一位指導，指導教授名正言順地掛名；第三，同儕間相互合作掛名，為了促成研究的業績與點數而相互掛名；第四，為了擴張學術權力網絡而掛名，論文的共同作者建立學閥的研究租界領域，可以透過特權來壟斷國家的學術資源。[15]

這種敗壞風氣已直捲人文學界。郭位亦指出同樣亂象：

> ……而今論文發表走火入魔，一稿多投、評審造假、改變數據翻版再投、朋黨彼此掛名互引論文、甚至電腦模擬製造虛假論文、未經同意盲目添加共同作者等五花八門，都是論文數量化之後所導致的弊病，各地皆然，兩岸明顯突出，事出有因。[16]

學術發表與權力、人際網絡、利益掛勾後，亂象叢生。同學一組人做報告，遇上 free-rider（香港學生稱為自由騎士）或學期中間退選者，出於自保心理，不想成績受影響，

唯有把別人的部分也完成；沒有完成自己工作的同學，名字也在報告上面。這種情況等同不正當掛名。

　　國家科技部等部門在 2022 年 9 月印發〈科研失信行為調查處理規則〉，列出八項違背科研誠信行為，其中新增一項「無實質學術貢獻署名等違反論文、獎勵、專利等署名規範的行為」，屬學術不端，相關單位可就案件進行調查和懲處。[17] 中國知網提供「學術不端文獻檢測系統」，萬方、維普亦有類似的論文檢測系統，又或俗稱「查重」，國內大學的學位論文現在都規定必經系統檢測。有些期刊甚至要求投稿者的單位開列證明書，以保證投稿沒有學術不端的內容。

D. 抄襲古人

　　還有一種抄襲情況，在英文學術界不會談到，卻是中國文史研究中常見的，就是抄襲古人。人所皆知，乾嘉學者著作如趙翼《廿二史劄記》、錢大昕《廿二史考異》、王鳴盛《十七史商榷》都是積平生功力而成，是中國史研究的重要參考著作。筆者發現有研究者將乾嘉學者的研究成果據為己有，然後宣稱發千古未發之覆。

　　試看一例，郭沫若《十批判書》中有一段關於漆雕開的考證：

　　　　《漢書‧藝文志》儒家有《漆雕子十三篇》，班固
　　　　注云「孔子弟子漆雕啟後」，啟即是開，因為避漢景帝

諱而改。後乃衍文。蓋啟字原作启，與后字形近。抄書
者於字旁注以啟字，及啟刊入正文，而启則誤認為后，
更轉為後也。[18]

　　〈藝文志〉儒家中有左列著錄；《漆雕子十三篇》：
孔子弟子漆雕啟後。（後字乃衍文。蓋啟原作启，抄書
者旁注啟字，嗣被錄入正文，而启誤認為后，乃轉訛為
後也。）[19]

　　相同的話，在書中出現兩次，當中有四個重點：（一）
啟即是開，避漢景帝諱。（二）「後」字是衍文。（三）「启」、
「后」形近而訛。（四）「后」轉訛為「後」，由旁注羼入正文。
錢穆《先秦諸子繫年‧孔子弟子通攷》「漆雕開」條清楚指
明前三個重點引用自宋翔鳳《論語發微》、《過庭錄》兩書。[20]
筆者查宋翔鳳《論語說義》原文：

　　　　按：《漢書‧古今人表》作漆雕啟，啟當是其名，
　　《史》避景帝劉啟諱，作開。……啟，古字作启。「吾斯
　　之未能信」，「吾」字疑「启」字之譌。……《漢書‧
　　藝文志‧儒家》：「《漆雕子》十三篇，孔子弟子漆雕启
　　後。」按：《漢志》「後」字當衍多餘。[21]

　　郭沫若有關漆雕開的前三個重點，抄自清人宋翔鳳《論
語說義》，均無指明出處。

　　郭沫若《十批判書‧李悝》：

《漢書·藝文志》儒家有《李克七篇》，注云「子夏弟子，為文侯相」，說者多以為即是李悝的異名，我看是正確的。因為悝克本一聲之轉……[22]

此段重點是《漢書·藝文志》將李悝作李克，「悝」、「克」是一聲之轉。錢穆《先秦諸子繫年·魏文侯禮賢考》「李克」條清楚指明「悝」、「克」一聲之轉引自崔適《史記探源》。[23] 崔適《史記探源》：

案〈孟荀列傳〉亦云：「魏有李悝盡地力之教」，〈魏世家〉、〈吳起列傳〉皆有李克對魏文侯語，且嘗為中山守。盡地力即為守之職，是李克即李悝。「悝」、「克」一聲之轉，古書通用，非誤也。唐人不通漢讀，故以不誤為誤。[24]

「悝、克一聲之轉」是崔適據古書義例得出的結論，絕非常識，更不是常理可以推求。郭沫若說「悝」、「克」兩字相通，為一聲之轉，文中無列明出處。錢穆《先秦諸子繫年》無隱藏出處來源，清楚指明來自崔適《史記探源》，沒有將前人發現據為己有。

上引亞伯翰案，《紐約時報》報道說亞伯翰承認在德國查閱檔案資料做筆記時有所缺失：「......he says, the notes he took there - in a scribbled mixture of German and English, packed densely onto 5-by-8-inch cards - included most of the errors that flawed his dissertation and book.」[25] 所以，培養良好的研究習慣至關重要，例如：

1. 做筆記時，習慣將抄下的資料，一併寫好出處。

2. 避免大幅度引用，或者有大篇幅引文時，要用不同字體分辨引文和自己寫的部分。

3. 剪貼網站內容，務必查明出處，確定來源。

4. 任何資料（一手、二手、翻譯）最好親眼看一遍。

5. 交論文前必須校對幾遍。

有關第四點，有一件烏龍研究事件，起因是研究者沒有親眼看到研究資料。2021 年 2 月，李維明在「文博中國」微信公眾號上發表〈二里頭遺址祭祀陶文初識〉，指考古人員在二里頭文化層中發掘到一塊陶片，陶片上有文字。李維明釋讀陶片文字為不少於四個字，內容與祭祀相關，是重大考古發現。不久，在同一微信公眾號，考古人員澄清是一場誤會，陶片上的文字是考古人員整理陶片時畫上去的記錄筆痕和陶片原有的裂痕。[26]

注釋

1 　葛劍雄，〈問題意識、創新精神、學術規範 —— 學術寫作的基礎（代序）〉，收入葛劍雄主編，《通識寫作 —— 怎樣進行學術表達》，頁 1-12。

2 　Brian Deer, *The Doctor Who Fooled the World: Science, Deception, and the War on Vaccines* (Baltimore: Johns Hopkins University Press, 2020).

3 　Owen Dyer, "*NEJM* Retracts Article from Former Researcher once Hailed as Heart Stem Cell Pioneer," *British Medical Journal* (online), vol. 363 (19 Oct, 2018), k4432.

4 　〈哈佛專家被查學術造假波及甚廣，我們該用甚麼態度面對學術權威？〉，《端傳媒》，2018 年 10 月 22 日。https://theinitium.com/roundtable/20181022-roundtable-global-piero-anversa-harvard（2022 年 2 月 23 日檢索）。

5 　例如 Pubpeer、Retraction Watch 網站。

6 　台灣學術倫理教育資源中心，「不當研究行為：定義與類型」。https://ethics-s.moe.edu.tw/static/ethics/u04/index.html（2022 年 2 月 23 日檢索）。

7 　台灣學術倫理教育資源中心，「不當研究行為：定義與類型」。https://ethics-s.moe.edu.tw/static/ethics/u04/p05.html（2022 年 12 月 30 日檢索）。

8 　余英時，〈中國文化的海外媒介〉，收入余英時，《猶記風吹水上鱗 —— 錢穆與現代中國學術》（台北：三民書局，1991），頁 169-198。

9 　Colin Campbell, "A Quarrel over Weimar Book," *The New York Times* [New York], 23 December 1984. https://www.nytimes.com/1984/12/23/arts/a-quarrel-over-weimar-book.html (accessed February 23, 2022).

10 　"The Truth about James Mellaart," *Luwian Studies*. https://luwianstudies.org/the-truth-about-james-mellaart (accessed February 23, 2022).

11 　Mark Hudson, "For the People, by the People: Postwar Japanese Archaeology and the Early Paleolithic Hoax," *Anthropological Science* 113:2 (August 2005), pp. 131-139.

12 　University of Oxford, "Plagiarism," https://www.ox.ac.uk/students/academic/guidance/skills/plagiarism (accessed February 23, 2022).

13 　Turnitin, "The Plagiarism Spectrum," https://www.turnitin.com/static/plagiarism-spectrum (accessed February 23, 2022).

14 　Turnitin, "The Plagiarism Spectrum 2.0," https://www.turnitin.com/resources/plagiarism-spectrum-2-0 (accessed February 23, 2022).

15 　中央社，〈高等教育畸形化：一篇論文「掛名」一堆作者、千篇論文不如解「一道難題」〉，《關鍵評論》。https://www.thenewslens.

com/article/57056（2022 年 2 月 23 日檢索）。

16　郭位,〈從論文發表談國際化〉。https://www.cityu.edu.hk/sites/g/
　　files/asqsls3821/files/2019-01/20140723_gvlf.pdf（2022 年 2 月 23 日
　　檢索）。

17　中華人民共和國科學技術部,〈科技部等二十二部門關於印發《科
　　研失信行為調查處理規則》的通知〉。https://www.most.gov.cn/xxgk/
　　xinxifenlei/fdzdgknr/fgzc/gfxwj/gfxwj2022/202209/t20220907_182313.
　　html（2022 年 11 月 25 日檢索）。

18　郭沫若,《十批判書》（上海:群益出版社,1946）,〈孔墨的批判〉,
　　頁 72。此處特別引用此書 1964 年版本,以示《先秦諸子繫年》和
　　《十批判書》成書先後。

19　郭沫若,《十批判書》,〈儒家八派的批判〉,頁 127。

20　錢穆,《先秦諸子繫年》（上海:商務印書館,1936）,卷 1,〈孔
　　子弟子通攷〉,頁 74。此條不是筆者發現,是筆者讀余英時〈《十
　　批判書》與《先秦諸子繫年》互校記〉而來。余英時,〈《十批判
　　書》與《先秦諸子繫年》互校記〉,收入余英時,《猶記風吹水上
　　鱗:錢穆與現代中國學術》,頁 103-104。宋翔鳳此書先名《論語
　　說義》,後改名《論語發微》,乃同書異名。參鍾彩鈞,〈宋翔鳳的
　　生平與師友〉,收入國立中山大學清代學術研究中心編,《清代學
　　術論叢》（台北:文津出版社,1993）,輯 3,頁 157-176。楊希,〈校
　　注說明〉,收入〔清〕宋翔鳳著,楊希校注,《論語說義》（北京:
　　華夏出版社,2018）,頁 1-6。

21　〔清〕宋翔鳳著,楊希校注,《論語說義》,卷 3,〈公冶長・雍也〉,
　　頁 86。

22　郭沫若,《十批判書》,〈前期法家的批判〉,頁 276。

23　錢穆,《先秦諸子繫年》,卷 2,〈魏文侯禮賢攷〉,頁 132。此條不是
　　筆者發現,是筆者讀余英時〈《十批判書》與《先秦諸子繫年》互校
　　記〉而來。余英時,〈《十批判書》與《先秦諸子繫年》互校記〉,收
　　入余英時,《猶記風吹水上鱗:錢穆與現代中國學術》,頁 114-115。

24　〔清〕崔適著,張烈點校,《史記探源》（北京:中華書局,
　　1986）,卷 8,〈貨殖列傳第六十九〉,頁 224。

25　Colin Campbell, "A Quarrel over Weimar Book," The New York Times [New
　　York], 23 December 1984. https://www.nytimes.com/1984/12/23/arts/
　　a-quarrel-over-weimar-book.html (accessed February 23, 2022).

26　〈學者刊文稱發現二里頭陶片字痕,考古隊:係記號筆筆道〉,《澎
　　湃新聞》,2021 年 2 月 19 日。https://m.thepaper.cn/wifiKey_detail.
　　jsp?contid=11379687&from=wifiKey#（2022 年 2 月 23 日檢索）。

三

論文架構

A. 簡明架構

　　人文學科論文沒有絕對依從的寫法，只是有一些原則。
同一題目，人人寫的都不一樣，沒有完全相同的。科學論文
有規範化 IMRAD 格式，作為基本架構：

　　I：緒論／引言／引論（Introduction）

　　M：研究方法（Methods）

　　R：研究結果（Results）

　　And

　　D：討論（Discussion）[1]

　　最後加上結論（Conclusions）

　　人文學科的論文講求作者立意，匠心獨運，把論文寫得
既有邏輯，又引人入勝。在論述方式、行文結構、篇幅長
度、資料呈現方式等方面，人文學科論文均較科學論文繁複
多變。但是，一篇論文必備以下環節：

　　1.　引言：說明研究課題、背景、目的和意義。

　　2.　研究回顧：說明學者已做了甚麼；這篇論文在學

者已有成果上會做甚麼，並有甚麼不一樣的地方；論文有何突破。

3.　概念說明：有需要的話，要對論文中使用的某個概念，加以說明。

4.　研究方法：介紹使用方法的特點及其限度。

5.　資料說明：使用資料及其特點，例如檔案、考古資料、新出墓誌銘、佛藏、道藏、回憶錄、口述資料、田野調查等等。[2]

6.　各個章節：論文最主要部分，證明、考證、說明、討論的地方。

7.　結論：研究結果，以及可進一步思考的地方。

其中，第二、三、四、五項也可以寫在引言之內，視乎內容多寡，沒有絕對的規定。溫迪・勞拉・貝爾徹（Wendy Laura Belcher）總合學者建議組織文章結構時，可以運用以下原則（參「章節連繫」一節）：

1.　The familiar. Begin with what you assume your readers know and proceed to what they don't know.

2.　The easy. Proceed from the simple to the complex. Get your readers comfortable before introducing the difficult information.

3.　The accepted. Proceed from the uncontested to the more contested. Readers who have been convinced to believe one thing may more readily believe the next.

4.　The overview. Proceed from the general to the specific.

Start with the big picture and then focus in on the
details.

5.　　The few. Proceed from discussing the fewest items to
discussing the most. In other words, if you're analyzing
a number of texts, objects, or studies, you might treat
just a few in the first section of the article, more in the
second section, and the most in the last section. This
technique has argumentative weight, as you're laying
out the argument with just a few pieces of evidence,
but later piling up lots of evidence.

6.　　The historical. Proceed chronologically from the past
to the present. (This common sequence isn't always the
best one; it tends toward a data-organized article rather
than an argument-organized one.)

7.　　The visual. Proceed spatially through a succession of
linked objects, as if on a guided tour. This technique
works particularly well for articles addressing a topic
in art history and geography, for instance.[3]

B. 引言和結論

　　引言的目的，是引導讀者了解文章想說甚麼，令讀者有
興趣讀下去。因此，引言必須帶出論文的重要之處。一般來
說，引言可以包括：

1. 提供研究課題背景資料
2. 說明研究範疇、內容、重要之處
3. 研究目的
4. 假設
5. 方法
6. 初步結論
7. 論文架構
8. 闡釋或定義關鍵詞、概念、名詞

　　同學寫引言的重點，是突出研究課題重要之處和研究目的，不要涉及太多專業或專門用語。引言簡述文章結構，也無不可。整個引言宜在二至五段之間，篇幅不應太長。筆者也見過有論文引言寫了幾頁，完全沒有觸及研究目的、論文主旨。寫作策略應以簡單、直接表述為原則，又或以問題形式帶出論文主旨。前言是不斷修改的，甚至在完成整篇論文後還需要大改。下面試舉兩個例子。

　　宋德喜〈獨孤氏興衰史 ——「關隴集團」政權中代北家族個案研究之一〉：

　　　「關隴集團」為陳寅恪先生所揭櫫的「假說」，用以說明西魏北周隋唐前期支配統治階層的構成（詳參《唐代政治史述論稿》上篇〈統治階級之氏族及其升降〉）。該集團的成員結構頗為複雜，論種族則胡漢兼包，論地域出身則至少含攝關中（「郡姓」、豪右、土著）、代北人物、部分山東士族及漢人入關者。此處所

謂的代北人物，廣義包括六鎮及其他北鎮出身者，非以種族為區分的標準；狹義的代北人物乃專指有種族色彩的「代人」而言，中唐柳芳的〈氏族論〉則一概稱之為「虜姓」（見《新唐書》卷一九九〈儒學中・柳沖傳〉）。本文選擇獨孤氏做為狹義的代北家族個案研究之一，理由在於周隋唐三代他們皆為外戚，古今少見；而且，由唐初擔任外戚角色的先後順序來說，獨孤氏仍然是拔得頭籌。因而探討北周隋唐外戚問題者，皆不能捨獨孤氏不論。可惜的是，前人對於獨孤氏的專題研究，向來較為漠視，管見所及，僅得山崎宏：〈隋の文帝の文獻皇后獨孤伽羅〉及岡崎敬：〈隋趙國公獨孤羅の墓誌銘の考證〉二文而已。而顧名思義，上述二文皆非全面探討之作。本文因此不揣淺陋，以獨孤信及其子嗣為中心，在零散不足的史料中，試圖拼湊出獨孤家族發展史的輪廓，並藉此理解此一家族在「關隴集團」政權中興衰的軌跡及原因所在。

　　由於獨孤氏的先祖暨族屬等問題，目前學界較少留意，故此處有必要在進入本文正題前，先行稍事檢討之。[4]

　　此文引言寫得扼要精到：（一）介紹「關隴集團」的出處及包含的意思。（二）說明文中「代北人物」的意思。（三）研究獨孤氏的理由及其學術意義。（四）學者已做研究及其不足之處。（五）此文研究的方向。兩段文字就清楚說明論

文主旨、目的、研究回顧、概念說明、研究方向。

劉淑芬〈三至六世紀浙東地區經濟的發展〉：

長久以來，歷史學界都以中國文明發源於黃河流域，而後向四周擴散的一元論，來解釋中國歷史的發展；然而，這種說法在一九七〇年末期以後，面臨考古新發現的挑戰。其實，以一元論解釋中國歷史的發展，是因為受到文獻記載的主觀性，以及一九七〇年代以前考古工作主要限於黃河流域導引的緣故。在考古學方面，七十年代後期以來，考古工作在地域上的拓展及其發現，學者已修正其「黃河中游文化一元論」，逐漸傾向於中國文明起源多樣性的看法。而就歷史學方面來說，也不一定有足夠、具體的資料，充分支持一元論的解釋。因此，一元論的歷史解釋實有重新檢討的必要。

今日我們所知道的中國史中，有許多一元論歷史解釋，江南地區的開發就是其中一個明顯例子。從來學者都認為：江南地區的開發是漢代以後才漸次展開的，漢末和永嘉前後是兩個關鍵性的階段。這兩個時期，由於北方的動亂，大量人士向南方遷徙，帶來北方先進的農業和技術，從而促進江南的開發。甚至有人以唐代的標準來看，認為六朝時江南的開發仍是有限的，要到了唐代，江南才大規模地開發。上述的看法，是基於北方文化優於江南的前提下發展出來的，包含兩個層面：一、漢末以前，江南地區仍是落後的。二、強調移民的貢

獻。這樣的觀點是否正確呢？

　　近三十餘年來的考古發掘與研究指出：在漢末北方移民到來之前，江南某些地區已有相當程度的發展。如東漢的會稽郡就是一個製造業的中心，在製瓷業方面，還領先北方。此外，關於北方移民對江南開發的貢獻方面，北方的旱地農田的技術和經驗，是否能對江南水鄉澤國的水稻栽培有所助益？這一點也是值得考慮的。由此，我們覺得前述觀點似乎應該再作檢討。

　　本文主要討論魏晉南北朝浙東地區的發展，藉以檢討上述看法的正確性。在時間上，以漢獻帝建安元年（一九六），迄隋煬帝大業五年（六〇九）為斷限，涵括了漢末、永嘉兩次移民潮。在空間上，浙東地區包括今日浙江省浙江以南的地區，是漢末、永嘉時期許多北方人士避亂南來擇地定居的地區。因此，有利於檢討這個說法。

　　本文除了就農業、商業、製造業、都市與人口方面，檢視此一時期浙東地區發展的情況之外，並將討論下列三個問題。第一，六朝時期江南開發有限說，是否真確？第二，北方移民對浙東地區發展的貢獻如何？他們是否為促進浙東開發的主要因素？第三，探討北方移民和浙東土著之間的關係。土著和移民間是否有利益上的衝突？如果有的話，他們如何解決這些衝突？[5]［引用時省去注釋］

　　此文引言同樣扼要，可分為五部分：（一）提出學術界流行的看法，並對之檢討。（二）一元論歷史解釋的例子及其假設。（三）新資料對學術界流行看法的衝擊，因而有檢討的必要。（四）此文的目的、研究意義，並界定研究時段和地域。（五）從五方面檢視學術界流行的說法，並帶出論文討論的三個問題。

　　結論的寫法也不是千篇一律，主要簡述論文主旨及其重要意義，無需再將各章節論點再講一次，更不要提出新的論證或證據。結論也可以提出有待進一步思考的地方。

注釋

1　Ramachandran P.K. Nair and Vimala D. Nair, "Organization of a Research Paper: The IMRAD Format," *Scientific Writing and Communication in Agriculture and Natural Resources* (Cham: Springer International Publishing, 2014), pp. 13-25.

2　回憶錄、口述資料也有可能經過篩選，同學使用時要知道它們的限制。例如有關蔣廷黻的資料，便是一例。見江振勇，《蔣廷黻：從史學家到聯合國席次保衛戰的外交官》（台北：聯經出版事業公司，2021），〈前言〉，頁 9-24。同學利用口述資料時，要注意學術倫理，亦要向所屬大學取得批准。相關説明，參 Oral History Association, "Oral History Association Statement on Ethics," https://oralhistory.org/oha-statement-on-ethics (accessed February 20, 2023).

3　Wendy Laura Belcher, *Writing Your Journal Article in Twelve Weeks: A Guide to Academic Publishing Success* (Chicago: The University of Chicago Press, 2019), p. 260. 本書有繁簡體中譯本，均據 2009 年第一版譯出。Wendy Laura Belcher 著，謝俊義、高立學、林宜美譯，《刊登吧！Journal 倒數的黃金十二週》（台北：大碩教育股份有限公司，2013）。溫迪・勞拉・貝爾徹著，孫眾、溫治順等譯，《學術期刊論文寫作必修課》（北京：教育科學出版社，2014）。

4　宋德喜，〈獨孤氏興衰史 ——「關隴集團」政權中代北家族個案研究之一〉，《中興歷史學報》，期 2（1992 年 3 月），頁 13。

5　劉淑芬，〈三至六世紀浙東地區經濟的發展〉，《中央研究院歷史語言研究所集刊》，本 58 分 3（1987 年 9 月），頁 485-487。

四

題目

A. 改題目

一個訊息豐富的題目，最能吸引讀者注意。好的題目有
以下七個要注意的地方：

1. Contain as few words as possible: many journals limit titles to 12 words.

2. Be easy to understand.

3. Describe the contents of the paper accurately and specifically.

4. Avoid abbreviations, formulas, and jargon.

5. Not contain low-impact words such as "Some notes on...," "Observations on...," "Investigations on...," "Study of...," and "Effect of...".

6. Not be flashy as in newspapers (e.g., avoid statements like "Agroforestry can stop deforestation").

7. Report the subject of the research rather than the results.[1]

　　以上諸點針對英文論文題目來說，改中文論文題目的原則也差不多。中文、文學類論文題目，有時作者想炫耀中文造詣，題目反而不知所云。

　　中文文史類論文題目有一段式和兩段式兩種。前者指題目是一句，後者是指主題加上副題，以破折號或冒號分隔。下文以近四年（2018 至 2021 年）《中央研究院歷史語言研究所集刊》刊登論文的題目為例，窺探近年論文題目及其使用詞語的趨向。

　　（一）題目指明對某個事件、事情進行研究，以「論」、「探」、「研究」為題，置於題目最末。下面五篇論文分別用「析論」、「初探」、「新探」、「研究」、「探微」，意思是有些微差別，但仍可歸為一類：〈羅山高店曾子季卷臣器組及曾季氏析論〉、〈台灣女性司法人員的歷史初探〉、〈宋代士大夫參與地方醫書刊印新探〉、〈清代六種文帝類全書的出版史研究〉、〈《奏讞書》卷冊復原探微〉。[2]

　　（二）以「考」、「釋」、「解」為題，針對某字詞（也可以是某件歷史事件）作清楚說明和辨析：〈釋甲骨文中的「互」及相關問題〉、〈出土文獻所見「僕臣臺」之「臺」考〉、〈《論語》「唐棣之華偏其反而」解〉。[3]

　　（三）說明事情的關係，題目指明探討兩（或三）件事情的關係：〈元、明刊《居家必用》與家庭百科的誕生〉、〈欽差喇嘛楚兒沁藏布蘭木占巴、清代西藏地圖測繪與世界地理知識之傳播〉、〈秦漢律令中的婚姻與奸〉、〈秦漢的糧食計量體系與居民口糧數量〉。[4]

（四）主題說明研究重點，副題加上資料、研究方向的設限，限定論文討論範圍：〈宋元時期數目字人名新說 ── 以新發現元代湖州路戶籍文書及宋元碑刻文獻為線索〉、〈秦君名號變更與「皇帝」的出現 ── 以戰國至秦統一政治秩序的演進為中心〉、〈宋代譯經制度新考 ── 以宋代三部經錄為中心〉。[5]

（五）主題屬概念，依靠副題具體表示論文的主旨：〈正教與異端：明、清時期「大秦景教流行中國碑」的注疏研究〉、〈畬民之間：帝國晚期中國東南山區的國家治理與族群分類〉、〈漢制與胡風：重探北魏的「皇后」、「皇太后」制度〉、〈天朝大燕 ── 太和殿筵宴位次圖考〉、〈原則與例外：武德中後期「偽亂地」廢省寺僧之實施〉、〈道法與宗法：明代正一道張天師家族的演變〉。[6]

（六）主題意思已很完整，副題交代論文兼及討論的事情，以「兼論」、「兼釋」為副題開首：〈十九世紀初澳門不列顛博物館的歷史意義 ── 兼論英、印、中自然史資訊流通網絡的運作〉、〈論秦始皇「書同文字」政策的內涵及影響 ── 兼論判斷出土秦文獻文本年代的重要標尺〉、〈秦漢竹簡「索魚」詞義的再認識 ── 兼釋古文獻「枯魚」的意義〉。[7]

（七）主題從 A 到 B 的演變，A、B 也可以是概念，透過副題交代具體研究對象：〈從明目到商戰 ── 明代以降眼鏡的物質文化史〉、〈從基於親屬的政府到官僚的政府 ── 殷周變革的一個重要面向〉。[8]

（八）從 A 看 B，下面例子的副題是從一本書看一個問

題：〈作者、編者、剽竊者：從《晰微補化全書》看醫書的抄輯與作者身份〉。[9]

題目可以將上述款式混合，主題是兩件事情的關係，副題以某一方面（資料或個案）為中心：〈論宋太宗的法律事功與法制困境——從《宋史‧刑法志》說起〉、〈明代軍戶家族的戶與役：以水澄劉氏為例〉、〈漢代政務溝通中的文書與口頭傳達：以居延甲渠候官為例〉。[10]

兩段式的書名也差不多，例如朱開宇《科舉社會、地域秩序與宗族發展——宋明間的徽州，1100-1644》，主題「科舉社會、地域秩序與宗族發展」是比較大的概念，副題「宋明間的徽州，1100-1644」將時間收窄為宋至明，研究地域則是徽州。[11] 韓方《盛世繁華：宋代江南城市文化的繁榮與變遷》，主題「盛世繁華」是比較典雅的語詞，單單「盛世繁華」是不能道出該書主旨的，加上副題「宋代江南城市文化的繁榮與變遷」將時間收窄至宋代，研究地域是江南地區，研究內容是城市文化。[12]

同學改題目，有時不脫中學學習思維，往往是論某件事情、某個人物的「利弊、好壞、功過」，學術論文不宜改這樣的題目。還有，同學千萬不要改「讀XXX」這樣的題目，錢穆〈讀明初開國諸臣詩文集〉、李零〈讀郭店楚簡《太一生水》〉都是很著名的文章，成名學者這樣改沒關係，同學切勿東施效顰。

此外，同學想題目時題目太大，沒有意思；題目太窄，無能力處理。在寫作過程中，擴大或縮窄題目，是必然

的。例如同學想研究柳宗元，寫柳宗元一生，不太可能；只限於某一方面，例如思想、文學；如果題目仍然太大，可改從某類文學作品，或某時期的作品入手。又如同學想寫清代外交史，題目太大寫不完，可以只限於晚清、某個人物、某個外交事件。

　　從 A 看 B 是對題目設限，集中於某個範圍來討論，例如〈從《史記‧貨殖列傳》看司馬遷的經濟思想〉，現時學術界更流行的表達方式似乎是〈論司馬遷的經濟思想——以《史記‧貨殖列傳》為中心〉。

　　縮窄題目的常見方式，往往是對題目加以設限：以「某段時間」、「某個地區」、「某個人物」、「某個學派」、「某個階層」、「某類資料」、「某部書籍」、「某個篇章」、「某種方法」為中心。以明清江南市鎮研究為例，試看下面的論文題目或書名：

　　樊樹志，《明清江南市鎮探微》。〔全面討論，須要積蓄多年學問。〕

　　范毅軍，〈明清江南市場聚落史研究的回顧與展望〉。〔回顧學者研究〕

　　范毅軍，〈明中葉以來江南市鎮的成長趨勢與擴張性質〉。〔只限於明中葉以來〕

　　劉石吉，〈太平天國亂後江南市鎮的發展〉。〔只限於太平天國亂後〕

　　劉石吉，〈明清時代江南市鎮之數量分析〉。〔運用量化分析方法〕

傅衣凌，〈明清時代江南市鎮經濟的分析〉。［只限於經濟角度］

吳滔，《清代江南市鎮與農村關係的空間透視 ── 以蘇州地區為中心》。［只限於清代、蘇州地區、市鎮與農村關係、空間角度］

游歡孫、曹樹基，〈清中葉以來的江南市鎮人口 ── 以吳江縣為例〉。［只限於清中葉、人口問題、吳江縣］ ¹³

研究回顧的文章縮窄形式，同樣是對題目加以設限：以「某個國家／地區學者」、「某人研究」、「某個時段」、「某個學派」、「某種研究方法」、「某類型出版物」為中心。

如果論文題目太窄，同學沒有能力將論文寫得太專太窄，第一步當然應該嘗試找更多資料。再者，也可以擴大課題，例如上引《清代江南市鎮與農村關係的空間透視 ── 以蘇州地區為中心》，假設同學覺得只做蘇州太專太窄，可以多做其他地區，增加個案數目。又如〈清中葉以來的江南市鎮人口 ── 以吳江縣為例〉，假如同學覺得只做清中葉太專太窄，也可以拉長時段，從清初做起。

B. 尋找題目

同學經常抱怨沒有題目可做，也不知道自己要做甚麼題目。歸根究柢，原因不外是：

1. 閱讀不足，包括原始文獻、二手研究
2. 學而不思

3.　　平日沒有做札記

4.　　不注意研究趨勢

當同學要交功課，才去思考題目，臨急抱佛腳，怎能想出東西來。同學應該經過文獻搜集、閱讀、反覆思考，與別人討論，來來回回若干遍之後，才能決定一個題目。在撰寫過程中，隨着搜集更多資料，閱讀更多論著，碰上論述、考證困難，別人問難，研究焦點也不斷地轉移，可能更集中討論某一點，也可能調整研究方法，也可能擴大史料搜尋範圍，也可能有新的視野，甚麼情況都可能出現。

尋找題目的方向：

1.　　從研究回顧、書評、入門書籍入手

2.　　從學者研究入手

3.　　從原始文獻入手

4.　　從個人興趣入手

1、2 就是推陳出新，3 就是創新，4 就是自我滿足。

從研究回顧、書評入手，是指在閱讀這兩類論著時，留意別人提出甚麼問題，提示甚麼可行方向，跟着專家學者的思路去探索，少走冤枉路。當然，同學自己做研究回顧，從中摸索可行的題目，那就更好。例如陳學霖評述西夏史研究，提出往後應該注意四個方向：國家的性質與制度、社會與經濟的特徵、對外關係發展、文化與宗教的特徵。[14] 又如葛兆光〈道教研究的歷史與方法 —— 在清華大學研究生課上的講稿〉總結道教研究可以注意的問題：

1.　　道教語言文字和詞彙的研究

2. 道教儀式的研究

3. 道教的知識考古學式的研究

4. 道教史研究者的眼光，大都集中在六朝隋唐金元，唐代以後道教的研究，除了全真教和淨明教史以外，還有許多問題。[15]

這四點建議都是葛氏多年來觀察國內外道教研究趨勢後，提供的寶貴提示。

書評有時會有很好的延伸建議。田曉菲一篇陶淵明研究的書評，結尾總結陶淵明熟讀的書，包括《論語》、《老》、《莊》、五經、《山海經》、《穆天子傳》、《高士傳》、《史記》、《漢書》等，並說：

> 探索「陶淵明的書架」，可以讓我們窺測當時的思想文化、閱讀文化以及物質文化，也對陶詩提出一些新的問題，當然那將是另一部書的題目了。[16]

田氏無疑為陶淵明研究提供一個很好的題目：陶淵明讀甚麼書？這連繫到東晉南朝的思想文化、閱讀文化、物質文化，也是通向理解陶詩的新方向。[17]

從學者研究入手，是指同學熟讀某位名家的論著，從中發掘問題。有許多學者都是熟讀陳寅恪的論著，從中延伸出大量研究。

同學應該嘗試透過閱讀原始文獻入手。對同學而言，要讀畢整部《史記》，發掘問題，不太可能，但是集中讀某

一部分如〈貨殖列傳〉，還是可以的。同學可以先看看《歷代名家評史記》，[18] 發掘問題，然後再集中讀某一部分。近三十年來，學者以某種新資料入手，例如新出墓誌銘、《天聖令》、考古圖像，不少論文只集中研究某片墓誌銘、某條《天聖令》、某塊壁畫，都十分普遍。

　　從個人興趣入手是另一個方法。人人興趣不同，各自按個人感興趣的事物而研究某個問題或範圍。當然，興趣也是培養出來的，多讀多想，自然就會產生。歷史學家逯耀東好吃，因而很喜歡談吃，寫有〈造洋飯書〉、〈《崔氏食經》的歷史與文化意義〉，都是飲食文化與歷史兼而有之的論文。[19]

C. 研究方法

　　同學撰寫論文不用想很刁鑽的方法，簡單方法同樣可以得出不一樣的結論。以下內容，只能算是注意事項，任何方法都是「運用之妙，存乎一心」。

另一種方法檢視舊結論

　　彭明輝《研究生完全求生手冊：方法、秘訣、潛規則》說：

　　　　研究的創新主要有兩種典型：以新的證據、觀點或較嚴謹的方法重新探究舊的題目（舊瓶新酒），而有新穎的發現；或者以既有的方法適度修改後，去探究新的

研究領域、題目，而造成新的發現（新瓶舊酒）。

「舊瓶新酒」型研究有數種常見的型態，其一是採用較新穎或較嚴謹的方法，其二是分析、比對既有文獻中的矛盾結論，找到化解矛盾的新穎方法；或者在田野調查與實驗室裡偶然發現的新證據，突顯出既有理論的重大瑕疵。[20]

同學探索的即使是舊結論，也可以嘗試用另一種方法看看能否有新發現。溫迪・勞拉・貝爾徹亦有類似建議，分為三類：

1.　Approaches new evidence in an old way.

2.　Approaches old evidence in a new way.

3.　Pairs old evidence with old approaches in a new way.[21]

下文略舉兩例。趙翼《廿二史劄記・元末殉難者多進士》列元末為元仗節死義者，多進士出身，共有十六例。[22] 讀聖賢書的人竟為異族政權殉節，原因何在？錢穆〈讀明初開國諸臣詩文集〉發現一個很有趣的現象，嚴夷夏之防的士人，理應無法視元朝為正統王朝。然而，元明之際士人似乎更站在前朝立場，同意異族的統治。元末士人，不論仕明與否，皆不忘故主，眷戀元室，反而對朱明建國無華夏重光的歡欣。[23] 錢穆從另一角度說明，文集之中顯示士人傾向元代的立場。由此來看，士人對元廷有夷夏之防，或只是後人想像。蕭啟慶〈元明之際士人的多元政治抉擇〉則統計元代進士在元明易代之際是否出仕，結論是忠於元室者佔 60.4%，

背元者佔 31.3%，隱遁者佔 8.3%，忠於元室的進士還多於背元者。即使屬背元、隱遁者，出仕明朝的若干進士心中仍忠於元室；隱遁者亦有自認為為元廷守節。改仕明朝者，有少數出於被迫，心中可能仍長懷元室。[24] 此文透過統計數據，加強了錢穆結論的正確程度。錢穆之於趙翼，蕭啟慶之於錢穆，都是用另一種方法來看問題。

陳寅恪認為唐代有進士科舉後，很多寒素能夠進入官僚體系。毛漢光〈唐代大士族的進士第〉以統計方法作分析，認為寒素只是大家族的分化，中晚唐以來，士族內出仕競爭很大，除門蔭外，亦要爭取科名而入仕。因此，唐代科舉沒有使得更多寒素進入官僚體系。[25]

統計方法有其限制：如何取樣？如何界定樣本？都可以影響結論。但是，簡單的統計方法仍然有可能得出不一樣的結論，例如李開元研究西漢初軍功受益階層、蔡亮研究漢武帝在巫蠱之禍後才重用儒生官員、陳志武等研究清代債務命案。[26] 近年，地理資訊系統（GIS）發展極快，許多數據平台逐漸建立，由此而產生新的研究，尤其是歷史人物、歷史地理、環境史、城市史等方面。[27]

排列時間

認清史事發生的時間順序，是歷史研究第一要義。事情發生先後是理解史事的關鍵，前後倒置的話，因果關係亦隨之而出錯。同學將史事發生順序排列，也可以有新發現。錢穆成名作〈劉向歆父子年譜〉就是一例，以《漢書》為資料，

考證劉歆未偽造諸經，反駁康有為《新學偽經考》認為劉歆為助王莽篡漢而偽造古文經之說。[28] 錢穆在《先秦諸子繫年》按時間順序排列資料，證明蘇秦的活動時間在張儀之後，不是同一時代人。[29] 朱維錚〈儒術獨尊的轉折過程〉重新整理《史記》、《漢書》資料，釐清時間記錄矛盾，推翻一個流行說法：漢武帝接受董仲舒建議而獨尊儒術。[30]

筆者當然不是要求同學像錢穆、朱維錚一樣，做出這樣高水平的論著。同學初寫論文，不需想得太複雜，要如何集百家之大成，用簡單的方法，也可以得出前所未有的結論。

排列時間也要依靠工具書，例如張培瑜《中國先秦史曆表》，方詩銘、方小芬編《中國史曆日和中西曆日對照表》。[31] 此外，中央研究院亦有「兩千年中西曆轉換」，可在互聯網查閱。[32]

利用新材料

近廿年，新出資料往往帶來新的研究方向和研究成果，例如敦煌文獻、出土簡牘、考古發現、墓誌銘、墓葬壁畫、《天聖令》、明清女性著作新發現、新公開檔案、田野調查等等，同學嘗試利用新材料發掘問題，是很好的方向。例如方秀潔的一篇介紹，說明明清女性著作新發現的重要意義。[33]

王國維提倡二重證據法，以地下材料與古書記錄相印證。[34] 擴大一點來說，找到新材料，也要與古書相印證，即使田野調查資料，也不能例外。科大衛（David Faure）〈動亂、

官府與地方社會：讀《新開潞安府治記碑》〉說：

> 近年，筆者多次在山西省進行實地調查，了解地方
> 歷史和鄉村社會的演變。2000 年夏天在長治縣上黨門
> 見到嘉靖十二年（1533）的〈新開潞安府治記碑〉，該
> 碑刻的內容對了解明末山西東南部地方的社會變動提供
> 了有價值的線索。謹原文抄錄如下：
>> 新開潞安府治記
>> 夫事莫成於循平，莫敗於幸倖；夫心莫寧於亡耀，
>> 莫競於浚取。任獨□，則激通情……[35]

　　這篇〈新開潞安府治記碑〉由崔銑撰寫，科大衛發現這
片碑，其實收入崔銑《洹詞》卷七，[36] 根本不用去長治縣上黨
門拓下來，也能進行研究。文中有一個字不能辨認，在崔銑
《洹詞》都可以認出來，「任獨□」應是「任獨知」。田野調
查得到的資料，並不代表是獨一無二的。

　　科大衛說：「問題不在於田野中有甚麼特別的資料去收
集，問題在於怎樣以田野的眼光來讀文獻。」[37] 以田野眼光
來讀文獻，黃宇和《孫中山倫敦蒙難真相》最能顯現這種
態度。1896 年 9 月 30 日，孫中山到倫敦並訪其師康德黎
（James Cantlie）。10 月 11 日清廷在倫敦綁架孫中山，囚禁
在使館裏，後經康德黎營救而獲釋。[38] 黃宇和根據孫中山《倫
敦蒙難記》及其他資料，重走孫中山在倫敦走過的地方和道
路，經過實地調查，解決了孫中山如何遭清廷綁架的問題。

注釋

1 Ramachandran P.K. Nair and Vimala D. Nair, *Scientific Writing and Communication in Agriculture and Natural Resources* (New York: Springer, 2014), p. 14. 書中還列有其他需要注意的地方，但此處只選取最適合同學的七點作說明，其他從略。

2 徐少華，〈羅山高店曾子季卷臣器組及曾季氏析論〉，《中央研究歷史語言研究所集刊》，本 92 分 1（2021 年 3 月），頁 1-19。李貞德，〈台灣女性司法人員的歷史初探〉，《中央研究歷史語言研究所集刊》，本 92 分 1（2021 年 3 月），頁 151-242。陳韻如，〈宋代士大夫參與地方醫書刊印新探〉，《中央研究歷史語言研究所集刊》，本 92 分 3（2021 年 9 月），頁 437-507。胡劼辰，〈清代六種文帝類全書的出版史研究〉，《中央研究歷史語言研究所集刊》，本 91 分 2（2020 年 6 月），頁 227-292。王偉，〈《奏讞書》卷冊復原探微〉，《中央研究歷史語言研究所集刊》，本 91 分 4（2020 年 12 月），頁 633-676。

3 方稚松，〈釋甲骨文中的「互」及相關問題〉，《中央研究歷史語言研究所集刊》，本 91 分 1（2020 年 3 月），頁 1-31。周忠兵，〈出土文獻所見「僕臣臺」之「臺」考〉，《中央研究歷史語言研究所集刊》，本 90 分 3（2019 年 9 月），頁 367-389。陳鴻森，〈《論語》「唐棣之華偏其反而」解〉，《中央研究歷史語言研究所集刊》，本 89 分 4（2018 年 12 月），頁 605-630。

4 李仁淵，〈元、明刊《居家必用》與家庭百科的誕生〉，《中央研究歷史語言研究所集刊》，本 92 分 3（2021 年 9 月），頁 509-560。孔令偉，〈欽差喇嘛楚兒沁藏布蘭木占巴、清代西藏地圖測繪與世界地理知識之傳播〉，《中央研究歷史語言研究所集刊》，本 92 分 3（2021 年 9 月），頁 603-648。劉欣寧，〈秦漢律令中的婚姻與奸〉，《中央研究歷史語言研究所集刊》，本 90 分 2（2019 年 6 月），頁 199-251。代國璽，〈秦漢的糧食計量體系與居民口糧數量〉，《中央研究歷史語言研究所集刊》，本 89 分 1（2018 年 3 月），頁 119-163。

5 魏亦樂，〈宋元時期數目字人名新說 —— 以新發現元代湖州路戶籍文書及宋元碑刻文獻為線索〉，《中央研究歷史語言研究所集刊》，本 91 分 1（2020 年 3 月），頁 33-80。孫聞博，〈秦君名號變更與「皇帝」的出現 —— 以戰國至秦統一政治秩序的演進為中心〉，《中央研究歷史語言研究所集刊》，本 91 分 3（2020 年 9 月），頁 293-348。馮國棟，〈宋代譯經制度新考 —— 以宋代三部經錄為中心〉，《中央研究歷史語言研究所集刊》，本 90 分 1（2019 年 3 月），頁 77-123。

6 祝平一，〈正教與異端：明、清時期「大秦景教流行中國碑」的注疏研究〉，《中央研究歷史語言研究所集刊》，本 91 分 2（2020 年

6 月），頁 187-226。李仁淵，〈畬民之間：帝國晚期中國東南山區的國家治理與族群分類〉，《中央研究歷史語言研究所集刊》，本 91 分 1（2020 年 3 月），頁 81-137。鄭雅如，〈漢制與胡風：重探北魏的「皇后」、「皇太后」制度〉，《中央研究歷史語言研究所集刊》，本 90 分 1（2019 年 3 月），頁 1-76。陳熙遠，〈天朝大燕 —— 太和殿筵宴位次圖考〉，《中央研究歷史語言研究所集刊》，本 90 分 1（2019 年 3 月），頁 125-197。李猛，〈原則與例外：武德中後期「偽亂地」廢省寺僧之實施〉，《中央研究歷史語言研究所集刊》，本 90 分 3（2019 年 9 月），頁 399-448。曾龍生，〈道法與宗法：明代正一道張天師家族的演變〉，《中央研究歷史語言研究所集刊》，本 89 分 4（2018 年 12 月），頁 711-753。

7 戴麗娟，〈十九世紀初澳門不列顛博物館的歷史意義 —— 兼論英、印、中自然史資訊流通網絡的運作〉，《中央研究歷史語言研究所集刊》，本 91 分 3（2020 年 9 月），頁 519-577。田煒，〈論秦始皇「書同文字」政策的內涵及影響 —— 兼論判斷出土秦文獻文本年代的重要標尺〉，《中央研究歷史語言研究所集刊》，本 89 分 3（2018 年 9 月），頁 403-450。顏世鉉，〈秦漢竹簡「索魚」詞義的再認識 —— 兼釋古文獻「枯魚」的意義〉，《中央研究歷史語言研究所集刊》，本 92 分 2（2021 年 6 月），頁 289-338。

8 邱仲麟，〈從明目到商戰 —— 明代以降眼鏡的物質文化史〉，《中央研究歷史語言研究所集刊》，本 90 分 3（2019 年 9 月），頁 449-583。黃銘崇，〈從基於親屬的政府到官僚的政府 —— 殷周變革的一個重要面向〉，《中央研究歷史語言研究所集刊》，本 89 分 2（2018 年 6 月），頁 279-338。

9 祝平一，〈作者、編者、剽竊者：從《晰微補化全書》看醫書的抄輯與作者身份〉，《中央研究歷史語言研究所集刊》，本 92 分 3（2021 年 9 月），頁 561-620。

10 趙晶，〈論宋太宗的法律事功與法制困境 —— 從《宋史‧刑法志》說起〉，《中央研究歷史語言研究所集刊》，本 90 分 2（2019 年 6 月），頁 253-316。于志嘉，〈明代軍戶家族的戶與役：以水澄劉氏為例〉，《中央研究歷史語言研究所集刊》，本 89 分 3（2018 年 9 月），頁 541-604。劉欣寧，〈漢代政務溝通中的文書與口頭傳達：以居延甲渠候官為例〉，《中央研究歷史語言研究所集刊》，本 89 分 3（2018 年 9 月），頁 451-513。

11 朱開宇，《科舉社會、地域秩序與宗族發展 —— 宋明間的徽州，1100-1644》（台北：國立台灣大學文學院，2004）。

12 韓方，《盛世繁華：宋代江南城市文化的繁榮與變遷》（杭州：浙江大學出版社，2011）。

13 樊樹志，《明清江南市鎮探微》（上海：復旦大學出版社，1990）。
范毅軍，〈明清江南市場聚落史研究的回顧與展望〉，《新史學》，
卷 9 期 3（1998 年 9 月），頁 87-133。范毅軍，〈明中葉以來江
南市鎮的成長趨勢與擴張性質〉，《中央研究院歷史語言研究所集
刊》，本 73 分 3（2002 年 9 月），頁 443-552。劉石吉，〈太平天
國亂後江南市鎮的發展〉，《食貨月刊》，卷 7 期 11（1978 年 11
月），頁 559-563。劉石吉，〈明清時代江南市鎮之數量分析〉，《思
與言》，卷 16 期 2（1978 年 7 月），頁 139-144。兩文收入劉石吉，
《明清時代江南市鎮研究》（北京：中國社會科學出版社，1987）。
傅衣凌，〈明清時代江南市鎮經濟的分析〉，《歷史教學》，期 5
（1964 年 5 月），頁 9-13。吳滔，《清代江南市鎮與農村關係的空間
透視 ── 以蘇州地區為中心》（上海：上海古籍出版社，2010）。
游歡孫、曹樹基，〈清中葉以來的江南市鎮人口 ── 以吳江縣為
例〉，《中國經濟史研究》，期 3（2006 年 9 月），頁 124-134。

14 陳學霖，〈八十年來西夏史研究評議〉，收入陳學霖，《宋史論集》
（台北：東大圖書公司，1993），頁 478-482。

15 葛兆光，〈道教研究的歷史與方法 ── 在清華大學研究生課上的講
稿〉，收入葛兆光，《屈服史及其他：六朝隋唐道教的思想史研究》
（北京：生活‧讀書‧新知三聯書店，2003），頁 149-168。筆者略
略改動原文文句。

16 田曉菲，〈書評：Robert Ashmore, *The Transport of Reading: Text and
Understanding in the World of Tao Qian (365-427)*〉，《中國文化研究所
學報》，期 54（2012 年 1 月），頁 361-365。

17 田曉菲在 2016 年寫了一文探討自己所提問題。田曉菲，〈陶淵明的
書架和蕭綱的醫學眼光：中古的閱讀與閱讀中古〉，《國學研究》，
卷 37 期 1（2016 年 6 月），頁 119-144。

18 楊燕起編，《歷代名家評史記》（北京：北京師範大學出版社，
1986）。

19 逯耀東，〈造洋飯書〉，收入逯耀東，《已非舊時味》（台北：圓神
出版社，1992），頁 227-232。逯耀東，〈《崔氏食經》的歷史與文
化意義〉，收入逯耀東，《從平城到洛陽 ── 拓跋魏文化轉變的歷
程》（台北：三民書局，2001），頁 101-147。

20 彭明輝，《研究生完全求生手冊：方法、秘訣、潛規則》，第 9 章
〈青出於藍 ── 批判與創新的要領（上）〉頁 152。

21 Wendy Laura Belcher, *Writing Your Journal Article in Twelve Weeks: A
Guide to Academic Publishing Success*, pp. 62-65. 中譯本譯作：（一）用
已有的方法獲得新研究成果。（二）用新方法驗證已有研究成果。
（三）用新的方式驗證了已有方法和已有研究成果的關聯性。溫

迪‧勞拉‧貝爾徹著，孫眾、溫治順等譯，《學術期刊論文寫作必修課》，頁 64-69。

22 〔清〕趙翼著，王樹民校證，《廿二史劄記校證（訂補本）》（北京：中華書局，1984），卷 30，〈元末殉難者多進士〉，下冊，頁 705-706。

23 錢穆，〈讀明初開國諸臣詩文集〉，收入錢穆，《中國學術思想論叢》（台北：東大圖書公司，1978），第 6 冊，頁 77-171。

24 蕭啟慶，〈元明之際士人的多元政治抉擇〉，《台大歷史學報》，期 32（2003 年 12 月），頁 77-138。

25 毛漢光，〈唐代大士族的進士第〉，收入毛漢光，《中國中古社會史論》（台北：聯經出版事業公司，1988），頁 339-363。

26 李開元，《漢帝國的建立與劉邦集團 —— 軍功受益階層研究》（北京：生活‧讀書‧新知三聯書店，2000）。Liang Cai, *Witchcraft and the Rise of the First Confucian Empire (*Albany: State University of New York Press, 2014). 中譯本，蔡亮著，付強譯，《巫蠱之禍與儒生帝國的興起》（北京：北京師範大學出版社，2020）。陳志武、林展、彭凱翔，〈民間借貸中的暴力衝突：清代債務命案研究〉，《經濟研究》，期 9（2014 年 9 月），頁 162-175。

27 張萍，〈地理信息系統（GIS）與中國歷史研究〉，《史學理論研究》，期 2（2018 年 4 月），頁 35-47。

28 錢穆，〈劉向歆父子年譜〉，收入顧頡剛編著，《古史辨》（上海：上海古籍出版社，1982），第 5 冊，頁 101-249。

29 錢穆，《先秦諸子繫年》，卷 3，〈蘇秦攷〉，頁 285-294。

30 朱維錚，〈儒術獨尊的轉折過程〉，收入朱維錚，《中國經學史十講》（上海：復旦大學出版社，2008），頁 65-95。

31 張培瑜，《中國先秦史曆表》（濟南：齊魯書社，1987）。方詩銘、方小芬編，《中國史曆日和中西曆日對照表》（上海：上海人民出版社，2007）。

32 中央研究院，兩千年中西曆轉換。https://sinocal.sinica.edu.tw（2022 年 12 月 19 日檢索）。

33 Grace Fong, "Introduction," Grace Fong and Ellen Widmer (eds), *Women and Gender in China Studies: Women Writers from Ming through Qing* (Leiden: Brill, 2010), pp. 1-15. 另可參何宇軒，《言為心聲：明清時代女性聲音與男性氣概之建構》（台北：秀威資訊科技出版，2018），〈導論〉，頁 15-57。方秀潔更完成「明清婦女著作」數據庫。明清婦女著作，https://digital.library.mcgill.ca/mingqing/chinese/index.php（2022 年 11 月 27 日檢索）。

34　王國維，《古史新證》，收入謝維揚、房鑫亮主編，《王國維全集》（杭州：浙江教育出版社，2009），卷 11，頁 241-242。

35　科大衛，〈動亂、官府與地方社會：讀《新開潞安府治記碑》〉，收入科大衛，《明清社會和禮儀》（香港：中華書局，2019），頁 285-299。

36　〔明〕崔銑，《洹詞》，收入《景印文淵閣四庫全書》（台北：台灣商務印書館，1985），集部，別集類，冊 1267，卷 7，〈新開潞安府治記〉，頁 547-548。

37　科大衛，《明清社會和禮儀》，〈後記〉，頁 371。

38　黃宇和，《孫中山倫敦蒙難真相》（台北：聯經出版事業公司，1998）。

五

搜集資料的途徑

　　搜集資料可分為兩方面：（一）一手資料或原始文獻；
（二）近人研究。同學寫論文要搜集甚麼資料，當然與課題
有關，無法一一說明。下文列的書目和網站，目的是向同學
說明有甚麼東西可用，舉一反三，而不是毫無遺漏地列出所
有書籍和網站。

　　同學若想了解每個朝代有甚麼資料可用，可以參考史料
學相關書籍，例如《中國古代史史料學》、《唐史史料學》、
《清史史料學》、《中國古典文學史料學》、《中國文學史料
學》、《中國現代文學史料學》、《中國哲學史史料學》等。[1]
這些書對每個朝代的基本史料有所說明。

　　至於找近人研究，過去在網路尚未發達的年代，許多學
者編纂研究指南，例如山根幸夫《中國史研究入門》（中譯
本）、高明士主編《中國史研究指南》、《戰後日本中國史研
究》、《元史學概說》、《明史研究備覽》。[2]如果同學想再進一
步，日本學界出版的《中國歷史研究入門》、《近代中國研
究入門》，[3]由著名學者執筆，也有參看價值。儘管這些書已
出版了一些日子，用香港流行話說即「有點過氣」，但對同

學而言，還是初次接觸，仍有用處。比較新近的，有卜憲群主編《新中國歷史學 70 年》、蔣竹山主編《當代歷史學新趨勢》等。[4]

以英文寫作的指南書籍也有很多，不能盡錄，僅舉一些：*Chinese History: A Manual*; *Ancient and Early Medieval Chinese Literature: A Reference Guide*; *Early Medieval China: A Sourcebook*; *The Columbia Guide to Modern Chinese History*.[5]

同學查看《中國史研究動態》、《中國歷史學年鑑》、《中國古代史年鑑》、《中國考古學年鑑》、《中國哲學年鑑》、《中國宋史研究年鑑》、《中國遼夏金研究年鑑》、《中國文學年鑑》，可以找到新近一兩年的近人論著。然而，隨着數據庫成為研究不可或缺的工具，透過「中國學術期刊（知網）」、「萬方數據」、「人大複印報刊資料數據庫」、「華藝線上圖書館・台灣電子期刊」、「東洋學文獻類目檢索」、「Google Scholar」等搜尋近人研究，已是最常用的方式。當今世代，不管甚麼資訊，Google 一下，已是同學指定動作。此外，有些數據庫有「引用（citation）」功能，比方說，同學找到一篇論文，可以檢索「引用」，就知道有甚麼書或論文引用過這篇論文，順藤摸瓜很容易找到相關文獻。「Web of Science」、「Scopus」、「Google Scholar」都是學者常用的數據庫。以「Google Scholar」為例，筆者先找費正清（John King Fairbank）一篇題為 "HB Morse, Customs Commissioner and Historian of China" 的論文，按下「引用」，出現下面截圖，顯示那本書、那篇論文引用過費正清這篇文章。圖中

「相關文章」則是與這篇文章主題類近的研究。

　　復旦大學出版研究入門叢書《比較文學研究入門》、《中國宗族史研究入門》、《三禮研究入門》、《江南社會經濟史研究入門》、《宗教文獻學研究入門》、《魏晉南北朝文學史研究入門》、《域外漢籍研究入門》、《中國道教史研究入門》、《中國禪學研究入門》、《中國戲劇史研究入門》、《基督教與中國社會研究入門》、《絲綢之路研究入門》、《徽學研究入門》等，[6] 這些書很有參考作用，能讓讀者迅速了解該領域。筆者相信不同領域的書籍會陸續出版，但是這類書籍不可能每幾年增訂一遍，若干年後就過時。

　　當然，網站更新較容易，還有許多有心學者架設網站，指點迷津，例如：台灣宋史研究網、[7] 中國明史學會、[8] 中央研究院明清研究推動委員會、[9] 日本中國學研究網站、[10] 明史研究入門要籍等。[11] 這類大大小小的研究會，蔚然成風，中、英、日文網站都有，在網路上很容易找到。這些網站發佈研

究訊息、最新出版資訊、學者介紹等等。英文學會網站也
有研究指南資訊，例如 Society for Song, Yuan, and Conquest
Dynasties Studies 提供包弼德（Peter Bol）編 Song Research
Tool；[12] Society for Ming Studies 提供 Guides to Primary and
Secondary Material for the Study of the Ming。此外還有書目類
型網站，例如：席文（Sivin Nathan）編輯 Selected, Annotat-
ed Bibliography of the History of Chinese Science and Medicine
Sources in Western Languages、[13] 艾爾曼（Benjamin Elman）編
輯 Classical Historiography for Chinese History: Research Guide
for Chinese Historiography 等。[14] 這些網站提供十分完備的書
目訊息。

　　手機應用程式，例如「Researcher」，使用者只需設定
關鍵詞，便能搜索最新出版的英文論文資訊。微信公眾號上
經常有人或機構整理和發佈專題研究訊息，例如書目、最新
出版、研究討論、演講、研討會、數據庫，是接收研究資訊
的途徑。

　　傅揚〈如何擬訂研究計劃〉綜合選題方法：

　　　　想利用一手史料進行研究者，應該盡可能選擇材料
　　集中的史料。例如對中國古代的神仙思想有興趣，又想
　　嘗試史料研究，可將題目訂為〈從《列仙傳》和《神仙
　　傳》看古代神仙思想的發展〉。姑且不論其難度，至少
　　這份研究的主體是精細地閱讀《列仙傳》和《神仙傳》
　　兩份資料。選擇史料相對集中的題目，可省卻研究者

四處蒐羅資料的時間，按照預定計劃開展研究。此外，有些較乏研究經驗的人，從不同來源（如各式電子資料庫）摘錄諸多資料後，卻未細膩閱讀、解釋材料中反映的現象，相當可惜；若因此養成不良的研究習慣，更是相當危險。與其不加辨析地援引不同出處的史料，不如認真細緻地閱讀幾份文本，藉此訓練解讀材料的能力。當然，即使選擇做一手史料的研究工作，也不可忽略近人著述。畢竟「一手史料 —— 近人研究綜合」的二分法只是幫助讀者理解研究課題的性質，及應該如何著手，兩者皆為歷史研究所依據的材料。[15]

傅揚的建議，值得參考，特別是確定論文的核心資料。同學擬定論文題目時，可以嘗試利用某類資料作為核心資料。同學要完成的是一篇學期論文，不是一篇發表的論文，在有限時間內認真研讀幾份文本，收穫或更大。例如黃正建〈唐代石刻墓誌與文集中墓誌異同小議 —— 以韓愈所撰者為例〉對比《韓愈文集》與出土的同一片墓誌銘的異同，論文核心資料只是韓愈寫的四片墓誌而已。[16]

這不是說同學有了核心資料，就不用看其他資料，而是思考問題，可以圍繞着它，從中想出問題來。同學要寫一篇好的學期論文，在研究過程中，須不斷閱讀、思索、分析、歸納、整理所得資料，作出取捨，評析不同看法。

資料彙編也是入手方法，例如研究陶淵明，可以先看看《陶淵明資料彙編》，[17] 知道有關陶淵明的第一手資料，並衡

量一下自己的想法有沒有足夠的資料可做。這類資料彙編的書很多：人物類，例如三曹、司馬相如、杜甫、韓愈、柳宗元、李白、蘇軾；文學類，例如中國現代文學史、中外文學關係；書籍類，例如《金瓶梅》、《水滸傳》、《西遊記》、《三國演義》、《紅樓夢》；專題類，例如中國地震歷史記錄、中國歷史大洪水調查、中國近代教育史、中國近代鐵路史；史事類，例如鄭和下西洋、西安事變；中外關係類，例如中國古籍中有關緬甸資料、龜茲史料、《明實錄》中的東南亞史料、匈奴史料。中央研究院近代史研究所亦出版了「中國近代史資料彙編」。[18] 總之，多不勝數。

　　筆者再次強調，以上諸書只是方便做論文，協助判斷論文有沒有足夠史料去做，或者可以從甚麼書找到有用的資料，尋找研究靈感，以及整理一些頭緒而已，並不能代替直接研讀史料。

注釋

1　　陳高華、陳智超等，《中國古代史史料學（第三版）》（北京：中華書局，2016）。何忠禮，《中國古代史史料學（增訂版）》（上海：上海古籍出版社，2012）。黃永年，《唐史史料學》（北京：中華書局，2015）。馮爾康，《清史史料學》（北京：紫禁城出版社，2013）。徐有富主編，《中國古典文學史料學》（北京：北京大學出版社，2008）。潘廣樹，《中國文學史料學》（上海：華東師範大學出版社，2012），上下卷。劉增杰，《中國現代文學史料學》（上海：百家出版社，2012）。張岱年，《中國哲學史史料學》（北京：中華書局，2018）。

2　　山根幸夫編，田人隆、黃正建譯，《中國史研究入門》（北京：社會科學文獻出版社，2000）。高明士主編，《中國史研究指南》（台北：聯經出版事業公司，1990），共 5 冊。國際歷史會議日本國內委員會編，《戰後日本中國史研究》（西安：三秦出版社，1988）。李治安、楊志玖、王曉欣，《元史學概説》（天津：天津教育出版社，1989）。李小林、李晟文，《明史研究備覽》（天津：天津教育出版社，1988）。

3　　礪波護、岸本美緒、杉山正明主編，《中國歷史研究入門》（名古屋：名古屋大學出版社，2006）。岡本隆司、吉澤誠一郎，《近代中國研究入門》（東京：東京大學出版社，2012）。

4　　卜憲群編，《新中國歷史學 70 年》（北京：中國社會科學出版社，2020）。蔣竹山主編，《當代歷史學新趨勢》（台北：聯經出版事業公司，2019）。

5　　Endymion Wilkinson, *Chinese History: A Manual*, Fifth Edition (Cambridge: Harvard Asia Center, 2018). David Knechtges and Taiping Chang, *Ancient and Early Medieval Chinese Literature: A Reference Guide* (Leiden: Brill Academic Pub, 2013). Wendy Swartz, Robert Campany, Yang Lu and Jessey Choo, *Early Medieval China: A Sourcebook* (New York: Columbia University Press, 2014). Keith Schoppa, *The Columbia Guide to Modern Chinese History* (New York: Columbia University Press, 2010).

6　　張隆溪，《比較文學研究入門》（上海：復旦大學出版社，2009）。錢杭，《中國宗族史研究入門》（上海：復旦大學出版社，2009）。彭林，《三禮研究入門》（上海：復旦大學出版社，2012）。范金民，《江南社會經濟史研究入門》（上海：復旦大學出版社，2012）。嚴耀中、范熒，《宗教文獻學研究入門》（上海：復旦大學出版社，2011）。戴燕，《魏晉南北朝文學史研究入門》（上海：復旦大學出版社，2009）。張伯偉，《域外漢籍研究入門》（上海：復旦大學出版社，2012）。劉屹，《中國道教史研究入門》（上海：復旦大學出版社，2017）。龔雋、陳繼東，《中國禪學研究入門》（上海：復旦大學出版社，2009）。康保成，《中國戲劇史研究入門》（上海：復

旦大學出版社，2009）。陶飛亞、楊偉華，《基督教與中國社會研究入門》（上海：復旦大學出版社，2009）。芮傳明，《絲綢之路研究入門》（上海：復旦大學出版社，2009）。王振忠，《徽學研究入門》（上海：復旦大學出版社，2011）。

7　台灣宋史研究網，http://www.ihp.sinica.edu.tw/~twsung/OLD/twsung/twsungframe.html（2022 年 2 月 23 日檢索）。

8　中國明史學會，http://www.mingshixuehui.cn/（2022 年 2 月 23 日檢索）。

9　中央研究院明清研究推動委員會，http://mingching.sinica.edu.tw/Current_Index（2022 年 2 月 23 日檢索）。

10　邵軒磊，日本中國學研究網站，https://web.ntnu.edu.tw/~hlshao/jp_sinology.htm（2022 年 2 月 23 日檢索）。

11　徐泓，明史研究入門要籍，https://kfda.qfnu.edu.cn/info/1084/2083.htm（2022 年 2 月 23 日檢索）。

12　Peter Bol, "Song Research Tool," https://www.songyuan.org/SongTools (accessed February 23, 2022).

13　Sivin Nathan, "Selected, Annotated Bibliography of the History of Chinese Science and Medicine Sources in Western Languages," http://ccat.sas.upenn.edu/~nsivin/bibl.html (accessed February 23, 2022).

14　Benjamin Elman, "Classical Historiography for Chinese History: Research Guide for Chinese Historiography," https://libguides.princeton.edu/chinese-historiography (accessed February 23, 2022).

15　傅揚，〈如何擬訂研究計劃〉，《台大歷史系學術通訊》，期 23（2017 年 10 月）。http://homepage.ntu.edu.tw/~history/public_html/09newsletter/23/23-07.html（2022 年 2 月 23 日檢索）。

16　黃正建，〈唐代石刻墓誌與文集中墓誌異同小議 —— 以韓愈所撰者為例〉，《唐研究》，卷 23（2017 年 12 月），頁 193-204。

17　北京大學中文系文學史教研室教師編，《陶淵明資料彙編》（北京：中華書局，2012）。簡略說明亦見徐有富，《學術論文寫作十講》，頁 80-81。

18　中國近代史資料彙編，https://www.mh.sinica.edu.tw/Historicalsources.aspx?minor=1&pageNumber=1（2022 年 3 月 15 日檢索）。

六

徵引資料

A. 校注本

　　同學讀古籍，要懂得找校注本。好的校注本不僅比對各種傳本，注的部分更是精粹所在。由於出版事業蓬勃，很多古籍既有標點本，又有校注本，當然最好取校注本來徵引、研讀，否則少學很多東西。例如章學誠《文史通義》，葉瑛《文史通義校注》、倉修良《文史通義新編新注》，[1] 比起《文史通義》標點本，兩者內容更為豐富。又如常璩《華陽國志》，任乃強《華陽國志校補圖注》的注釋提供許多有用說明，劉琳《華陽國志新校注》也是很好的校注本，[2] 而其他標點本則沒有豐富注釋內容。劉知幾《史通》也有不少標點本和譯注版，趙呂甫《史通新校注》是不錯的選擇。[3]

　　學者重新整理古籍，會用上不同名稱，例如王利器《顏氏家訓集解》、楊伯峻《列子集釋》、高亨《周易古經今注》、胡道靜《夢溪筆談校證》、楊明照《抱朴子外篇校箋》、楊亮、鍾彥飛點校《王惲全集彙校》、王國安《柳宗元詩箋釋》。[4] 古人用字很講究，注、箋與集解各有意思。[5] 即使同一

部古籍，也有多種校注本，例如《世說新語》，有余嘉錫《世說新語箋疏》、徐震堮《世說新語校箋》、楊勇《世說新語校箋》。[6]

現代學者也寫了許多今譯本，例如顧久《抱朴子內篇全譯》、楊伯峻《孟子譯注》、陳鼓應《莊子今譯今注》、陳鼓應《老子註譯及評介》、蘇淵雷《三國志今注今譯》、楊燕起《史記（全本全注全譯）》。[7]香港中華書局出版「新視野中華經典文庫」、北京中華書局出版「中華經典名著全本全注全譯叢書」，兩套叢書譯注很多古籍。同學對原文不太理解，利用譯注本幫助也是可以的，但引用時千萬不要引白話語譯。

近年古籍整理事業也很蓬勃，以致有些校注本質素成疑，時有亂注亂譯、強作解人的報道，甚至使得出版社將書下架退款。不僅小型出版社發生過這類事情，信譽昭著的大出版社也出過事。整理古籍絕不是易事，一方面今天有些人以校注不屬研究成果，不重視這類工作；另一方面作者拿到研究經費，趕着課題結項，聘請助理代勞，於是問題層出不窮。

筆者有一次經驗，在一篇文章引用唐代杜牧〈第二啟〉，原本是用上海古籍出版社《樊川文集》，校對時拿了嶽麓書社《杜牧集》，發現引文中有一關鍵地方，前者作「白晴穴」，後者作「白眼穴」。[8]筆者花了很多時間探明應作「白晴穴」，而不是「白眼穴」。由此可見，如果筆者最先是據嶽麓書社《杜牧集》，可能一直錯下去而不知。

中華書局編輯謝方一篇文章，道出《大唐西域記校注》

成書過程的原委、曲折，體現學者對校注古籍的堅持和認真。《大唐西域記》整理工作原由向達、章巽、范祥雍提出，最終由季羨林總其成。1961 年，北京大學歷史系成立小組就《大唐西域記》整理工作提意見說：「關於注釋工作，我們認為應當在吸收中外學者已有成果之外，還有新的成就。蘇聯和印度學者關於中亞和印度的考古發現，足以與本書相印證的，都應當吸取。」及後向達又向中華書局建議：「關於詳細的校注問題，這個問題比較複雜些。既有批判繼承問題，也有推陳出新的問題；既要總結過去的成績，也要反映出今天的研究水平。」校注工作因政治環境而延宕，文革之後工作恢復，中華書局請季羨林主持其事，召集十多位專家參與，分工合作。季氏寫了百多頁序文，逐字逐句修改注文，改寫許多條目，其中《四吠陀論》的注釋就長達三千字，並由王邦維花一年半時間，將中外書籍引文核對一遍。[9] 由此可見，學者校注古籍不是將古文詞彙說一說就是，而是吸收古今中外研究成果，每條注文經過反覆琢磨，體現當時最高學術水平。

同學今日使用的古籍，有些要經兩代人編纂才能完成。湯用彤在 1958 年提出整理校注釋慧皎《高僧傳》，以《大正藏》為底本，廣求各種傳本，部分內容寫成後，先作為徵求意見稿。到 1964 年他死後，再由其子湯一玄整理交中華書局出版。2000 年，再由湯一介整理，收入《湯用彤全集》。[10]《道家金石略》原由陳垣編纂，再由其孫陳智超與曾慶瑛校補。《道家金石略》草創於 1923 至 1924 年，陳氏

時任北京大學國學門導師，以碑刻校讎不易而未刊行。直至 1981 年，陳智超承擔校對增補等工作而成書。[11] 湯志鈞、湯仁澤父子花三十六年時間合力完成《梁啟超全集》，他們說：「從收集文稿到考訂、點校、編纂，每個字詞都可能是一個隱藏的陷阱，由繁體、異體變簡體，補缺漏、正謬誤，在海量繁複的故紙堆中校訂考證，其間甘苦，唯有自知。」[12] 由此可見，做一部古籍或全集編纂，灌注學者極大心血。同學寫論文時應好好利用學者辛勞的成果。

B. 盡量選用最新近版本

一部好書經歷很長時間仍然有參考價值，會不斷重印或修訂。因此，引書時，盡量找到最新近修訂本。杜澤遜《文獻學概要》指出：

> 1998 年上海一家出版社重印《偽書通考》，用 1939 年商務印書館排印本影印。《偽書通考》，近人張心澂撰，專門收集歷代學者考辨偽書的資料，以書為單位，逐條羅列，是查考古書真偽問題的權威工具書。1939 年由商務印書館出版。1957 年由商務出版修訂本。修訂本不僅訂正了初版的錯誤，而且材料大大豐富。今天重版此書，顯然應選擇增訂本作底本。選擇 1939 年的初版本，將會為讀者提供一部相對不完善的工具書，也是對已故作者的不尊重，這是不應當的。[13]

新近版本或修訂本很多時會修正書中錯誤。當然，同學（甚或學者）不可能對每本書的訊息都能第一時間掌握。同學找書時，若看到修訂本和舊版並存，就盡量用修訂本。

徵引正史，當然以中華書局版本為首選。中華書局版廿四史已陸續出了修訂本，將舊版的錯誤一一訂正。以《史記》為例，中華書局版《史記》在 1959 年由顧頡剛、賀次君點校，聶崇岐覆校。點校本《史記》修訂組所寫〈修訂前言〉指出：「此次修訂對原點校本標點作了全面梳理甄別，力求統一體例，修正失誤。對三家注引書作了較為全面的校勘，對於釐清三家注文本，完善引文標點等，有較明顯的作用。」[14] 由此可見，徵引中華書局版廿四史，同學應盡可能利用修訂本。

C. 同學不宜引用的資料

有些資料，同學很容易找到，也很方便使用，但寫學術論文時卻不能徵引或使用。

首先，「維基百科」、「百度」像是一本百科全書，同學想查甚麼都有。《自然》發表過一項很受人關注的報道，比較「維基百科」和《大英百科全書》的科學條目，「維基百科」平均有四個錯處，《大英百科全書》則有三個。[15]「維基百科」似乎也不太差。但是，「維基百科」是不能作為參考資料引用的，也不能作為資料來源。抄自不同來源的「維基百科」屬於轉引資料，許多內容經過改寫，本身並不是文獻

來源。引用文獻要引最權威和一手的，最好不要轉引。再加上「維基百科」的資料出處往往不明，連結失效，甚至有人故意在「維基百科」做惡作劇，發放假訊息。

還有其他網站，例如「壹讀」、「每日頭條」、「百度」、「知乎」、Facebook 轉載學術文章，同學寫論文時同樣不能引用。雖然中國人民大學主辦「人大複印報刊資料」，是以原刊原版方式呈現所集合的文章，而《中國社會科學文摘》、《社會科學文摘》、《新華文摘》等期刊亦會轉載文章，但在引用時還是找回原文及引用原出處較好。

其次，同學透過數據庫、圖書館網站很容易就可以下載中港台、英美大學的博士論文。但是，筆者不建議同學用碩士論文或博士論文作為研究資料。筆者不是說博、碩士論文沒有學術價值，很多博、碩士論文出書後受到學術界重視。然而，同學在初學階段，對於良莠不齊的學位論文，完全沒有分辨和選擇能力，更無法查探這些學位論文是否抄回來的。因此，同學做學期論文階段還是不用為妙。筆者有時候讀同學交來的文章，明明題目很熟悉，研究回顧和參考書目所列著述的作者，卻一個都不認得，細看之下才發現十居其九都是學位論文。

D. 徵引別人論著切忌斷章取義

同學徵引學者論著時，最忌斷章取義，同時亦要留心別人的注釋，避免沒有讀到注釋，就去抨擊別人。路新生

〈《互校記》與《先秦諸子繫年》之史源發覆〉想證明錢穆《先秦諸子繫年》抄襲別人而來，卻斷章取義說：

儒、墨兩家為先秦諸子之淵藪，這是《繫年》中的又一重要觀點。《繫年》指出：

「先秦學術，惟儒墨兩派……其他諸家，皆從儒墨生。要而言之，法源於儒，而道啟於墨。農家為墨道作介，陰陽為儒道通圍。名家乃墨支裔，小說又名之別派。」

故《繫年》之考墨必附見於孔，考孔則必附見於墨。孔、墨互勘，綱舉目張，網織雜糅而成一先秦學術的譜系，此為《繫年》之所長。然錢氏這一論斷的前提是「墨從儒來」。關於這一點錢穆曾經反復強調。早在《國學概論》中錢氏已指出：「墨子學儒者之業，受孔子之術，則墨源於儒。」到了《繫年》，錢穆則進一步發揮為：「墨子初亦學儒者之業，受孔子之術，繼以為其禮煩擾，厚葬靡財，久服傷生，乃始背業，自倡新義。」「墨子初亦治儒術，繼而背棄，則墨固從儒中來，而儒反受其抵排。」

然而，「墨從儒來」的觀點實倡自清儒汪中。汪中為清儒中最先整理墨子者。觀其《述學》之〈墨子序〉，汪中起首便云：

「《墨子》七十一篇，亡十八篇，今見五十三篇。明陸穩所敘刻，視它本為完。其書多誤字，文義昧晦不

可讀，今以意粗為是正，闕所不知，又采古書之涉於墨子者別為《表微》一卷。」

可見汪中已成《墨子表微》一書。其〈墨子序〉又云：

「古之史官，實秉禮經以成國典，其學皆有所受，魯惠公請郊廟之禮於天子，桓王使史角往，惠公止之，其後在於魯，墨子學焉。（汪中自注：《呂氏春秋·當染篇》）其淵原所漸，固可考而知也。」

按，汪中這裏已明白無誤地道出了墨學與儒學的發源地——魯國的關係。《述學》更進而考出了墨子生活的年代。汪中說：

「墨子實與楚惠王同時……其年於孔子差後，或猶及見孔子矣……〈非攻〉中篇言知伯以好戰亡，事在春秋後二十七年。又言蔡亡，則為楚惠王四十二年。墨子並當時及見其事。〈非攻〉下篇言：『今天下好戰之國，齊、晉、楚、越。』又言：『唐叔、呂尚邦齊晉，今與楚越四分天下。』〈節葬〉下篇言：『諸侯力征，南有楚越之王，北有齊晉之君。』明在勾踐稱伯之後（〈魯問篇〉越王請裂故吳地方五百里以封墨子，亦一證），秦獻公未得志之前，全晉之時，三家未分，齊未為陳氏也。楚惠王以哀公七年即位，般固逮事惠王。〈公輸篇〉：『楚人與越人舟戰於江。公輸子自魯南游楚，作鈎強以備越。』亦吳亡後楚與越為鄰國事。惠王在位五十七年，本書既載其以老辭墨子，則墨子亦壽考人與？」

　　胡適全面引用了汪中上述論點，並謂「汪中所考都
很可靠」，「我以為孫詒讓所考不如汪中考的精確」。在
汪中的基礎上，胡適明確指出：

　　「墨子生時約當孔子 50 歲 60 歲之間（孔子生西曆紀
元前 551 年）……墨子的生地和生時，很可注意。他生
當魯國，又當孔門正盛之時，所以他的學說，處處和儒
家有關。『墨子所受的儒家影響，一定不少。』（《呂氏
春秋·當染篇》說史角之後在於魯，墨子學焉。可見墨
子在魯國受過教育）。我想儒家自孔子死後，那一班孔
門弟子不能傳孔子學說的大端，都去講究那喪葬小節。
請看《禮記·檀弓篇》所記孔門大弟子子游、曾子的種
種故事，那一樁不是爭一個極小極瑣碎的禮節？……
再看一部《儀禮》那種繁瑣的禮儀，真可令今人駭怪。
墨子生在魯國，眼見這種種怪現狀，怪不得他要反對儒
家，自創一種新學派……這個儒墨的關係是極重要不
可忽略的，因為儒家不信鬼，所以墨子倡『明鬼』論。
因為儒家厚葬久喪，所以墨子倡『節葬』論。因為儒家
重禮樂，所以墨子倡『非樂』論；因為儒家信天命，所
以墨子倡『非命』論。」

　　以錢穆與胡適所說兩相對照，可知胡適已率先指
出：(1) 墨子受到了儒學的薰染；(2) 墨子因為不滿孔
門「弟子」的厚葬、煩禮，故另立他宗。胡適並且實事
求是地說明了他對於汪中的承襲，表現出胡適對於前
賢學術成果的尊重。而胡適明確歸納出來的兩點，均

為《繫年》所採用，只不過胡適將主張厚葬、煩禮的責任歸於孔門弟子，而《繫年》則認為孔子本身就有此主張。因此，有理由認為，《繫年》的某些重要「論斷」受到了胡適方法論的啟迪。但在《繫年》中亦同樣未見錢先生關於這一點的任何說明。[16]

錢穆在《先秦諸子繫年·墨翟非姓墨墨為刑徒之稱攷》確有說過「墨子初亦學儒者之業，受孔子之術，繼以為其禮煩擾，厚葬靡財，久服傷生，乃始背業，自倡新義」，然而錢穆在前一節〈墨子生卒攷〉卻指明這句話的出處：

> 《淮南·要略》稱：「墨子學儒者之業，受孔子之術，以為其禮煩擾而不說，厚葬靡財而貧民，服傷生而害事，故背周道而用夏政。」蓋墨子初年，正值孔門盛時，故得聞其教論，受其術業，非謂墨子親受業於孔子也。[17]

路新生說錢穆「墨出於儒」一段完全不是錢穆的見解。錢穆已表明「墨出於儒」來自《淮南子·要略篇》，汪中、胡適怎會沒看過《淮南子》？如說此論乃汪中獨創，胡適承其說，而謂錢穆抄自兩人，天下之冤，莫此為甚。路新生引汪中、胡適之說完全是無的放矢。路新生此文另一關於錢穆論荀子抄自梁啟超的指控，同樣有問題。[18]文中引錢穆《先秦諸子繫年》將所有夾注完全刪去，錢穆論說出處，通通消失，從而得出抄自梁啟超的結論。同學比對路新生此文與

《先秦諸子繫年》原文，即可知曉。

　　同學徵引別人論著時，一定要注意別人論著內容的前前後後、注釋內容，否則斷章取義，誣枉別人，製造冤案。與此同時，「毋信人之言」，自己一定要親眼看看原文。

E. 在中文著作中引英文論著

　　學術研究，貴於兼收並蓄。同學寫中文論文要用上英文、日文論著和資料，是很常見的。現時英文論著，包括文學、歷史、哲學、世界史、社會科學、政治學、經濟學、科普類，大量翻譯成中文；英文寫成的中國研究論著，更是源源不絕地翻譯，好的固然很多，不好的也不少。[19] 譯文出現問題，更是老生常談。以下是同學一些常見的問題，以及建議的解決方法：

1. 同學往往只讀中譯本，不讀原著。徵引的時候，也只引中譯本。同學必須核對英文原著，只據中譯文，錯的機會很大。如果中譯本錯譯、漏譯、誤植，據此立論，將會白費功夫。
2. 同學如引用的英文原著沒有中譯本，只好自行翻譯。
3. 同學如採用中譯本譯文，必須注明譯文來自中譯本，最好附英文原文。
4. 同學如發現中譯文有問題，但問題不大，可以修正中譯文，但必須在注釋中說明。

同學千萬不要誤會中譯本不能看，筆者想強調的是不能只看中譯本，特別在徵引時，一定要看回原著，確定原作者的意思。同學只讀中譯本而不讀原著，是不能了解原書的。

英文論著引古文時，會譯成英文。中譯本翻回中文時，又復原原文，這樣會掩蓋原作者對該史料如何理解，而漢學家錯譯古文例子很多。伊沛霞（Patricia Ebrey）*The Inner Quarters: Marriage and the Lives of Chinese Women in the Sung Period* 引洪适〈第五子昏書〉，最後一句英文譯文作：

> In the beginning I was not competing to be extravagant, but the three stars [of good fortune, official salary, and long life] are at our house. Soon we will announce the date.[20]

原文是「瞻三星之在戶，行且告期」，「三星在戶」是出自《詩經‧唐風‧綢繆》的典故。譯者轉回原文，看不到伊沛霞錯解為「福祿壽三星」之文。

英文寫的古代文史研究的書，徵引的古文都已翻成英文，若想找回原文，要花費極大的力氣，但中譯本已做了復回原文的功夫，甚至對原著有所修正。胡躍飛、謝宇榮合譯譚凱（Nicolas Tackett）《中古中國門閥大族的消亡》，在〈譯後記〉列出四點翻譯原則，其中三點是：

> 第一，為確保準確性，譚書的史料基本都有再次核

對，若與史料原文有出入，視其程度以「譯者注」的形
式括出，或徑改；第二，譯書原文為節省篇幅，在腳注
中以略稱標識相關前人研究，譯文為便於讀者翻檢，對
各種前人論著題目略稱予以還原；第三，參考文獻中的
今人論著目錄中，已有中譯本者皆以「譯者注」的形式
括出，以備讀者參考……[21]

　　胡、謝從便於讀者閱讀的角度處理原文。好的中譯本，
往往為讀者提供寶貴訊息。胡躍飛、尹承合譯王賡武的名
著《五代時期北方中國的權力結構》，在〈譯後記〉附該書
中外文書評的評論要旨。[22] 呂靜譯增淵龍夫《中國古代的社會
與國家》，此書日文原書在香港很難找，譯成中文是讀者之
福。呂靜在〈譯者序〉不僅對增淵龍夫有扼要介紹，還說明
此書在日本中國史學界所佔的重要位置，並對各章內容略有
解說。[23] 韓昇、劉建英合譯宮崎市定《九品官人法研究 ——
科舉前史》，同樣寫了一篇長序介紹宮崎市定生平及此書
在日本中國史學界的重要地位。[24] 徐泓譯何炳棣《明清社會
史論》，也寫有介紹文章〈何炳棣教授及其《明清社會史
論》〉，附於書前。[25] 還有很多例子，不能盡錄。類似的譯序
對同學閱讀該書很有幫助。這類有質素的譯序都是出自專家
之手，不是一般譯者所能及。由此可見，有質素的中譯本還
是很值得去讀的。

　　周建渝〈《石頭記》的敘述層次及其功能與意義〉對
引用英文資料的做法，很值得學習，此處只截取相關注釋

內容：

1.　注 8：Shlomith Rimmon-Kenan, *Narrative Fiction: Contemporary Poetics* (London: Methuen, 1983), p. 91. 本書有姚錦清等中譯本：《敘事虛構作品：當代詩學》（北京：生活‧讀書‧新知三聯書店，1989 年）。本處中文引文主要參考此譯本頁 164，筆者略有修訂。

2.　注 10：Robert Scholes and Robert Kellogg, *The Nature of Narrative* (London: Oxford University Press, 1966), p. 240. 此處中文由筆者自譯。

3.　注 18：Jing Wang, *The Story of Stone: Intertextuality, Ancient Chinese Stone Lore, and the Stone Symbolism of Dream of the Red Chamber, Water Margin, and The Journey to the West* (Durham, NC: Duke University Press, 1992), p. 277. 其原文為："As a frame-device, the myth of the Nü-kua Stone regulates the narrative movement and predicts Pao-yü's return to its point of origin." 此處中文由筆者自譯。[26]

周建渝論文注釋的三處例子，正好作為示例。

中國人名、地名譯做英文，也不簡單。拼寫方法有廣東話拼音、普通話拼音、威妥瑪拼音（Wade-Giles）。[27] 香港人最為熟悉的當然是廣東話拼音，無需多說。但是，國內外學者碰到香港的廣東話拼音，很多時都摸不着頭腦，而國內學者碰到威妥瑪法，亦手足無措。

　　何丙郁講述一段往事，顯示不同人名拼法帶來的混亂。
1965 年，席澤宗、薄樹人在《科學通訊》刊登一個增訂新
星表，把資料範圍擴及日本和南北韓的史籍記載。美國史密
松研究所（Smithsonian Institution）、美國太空總署（National
Aeronautics and Space Administration）分別將文章譯成英
文，可是兩篇譯文的譯者分別採用威妥瑪法和普通話拼音方
法，「許多不懂中文的天文學家都誤認為他們看到的是由四
位不同作者所寫的兩篇不同的文章，也有人懷疑其中一篇是
抄襲的。當時我剛在美國耶魯大學任客座教授，不祗一次替
美國的天文學家解開這箇謎，Tse-tzung Hsi 和 Zezong Xi 原
來是同一個人！」[28]

　　華人學者出版英文論著時，有用全名的，例如 Hsu
Cho-yun（許倬雲）、Yü Ying-shih（余英時）；有用其英文
名的，例如 Ray Huang（黃仁宇）、Immanuel C.Y. Hsü（徐
中約）、James T.C. Liu（劉子健）、Julia Ching（秦家懿）；
有用縮寫的，例如 K.C. Chang（張光直）、D.C. Lau（劉殿
爵），都是按原作者採用的寫法。

　　同學處理漢學家漢名時，當然要找回漢學家的正式名
稱，總不能無中生有，為別人改名。今天要找出漢學家或
華人學者原本的名字，易如反掌，在網路上一查，總有頭
緒。筆者推薦德國萊比錫大學（Universität Leipzig）柯若樸
（Philip Clart）所建「Chinese Names of Western Scholars」網
站。[29] 網站內容值得信賴，經常更新。

　　同學在論文中如引華人學者英文論著，華人學者名字

一般不加英文名。如果提及漢學家名字，應該列漢名和原文名字，例如丁愛博（Albert E. Dien）、史景遷（Jonathan Dermot Spence）。

至於西方學者名字翻譯，有些約定俗成，在中文世界有共通譯名，例如 Max Weber 通譯做韋伯；有些國內外則有不同，例如 Michel Foucault 國內譯作福柯，台灣譯作傅柯。與此同時，有許多西方學者沒有漢名，翻譯時，同學可以參考相關辭典。[30] 馬幼垣痛斥亂譯人名，指既不尊重歷史，不遵守「名從主人」的原則，更拉遠與文獻資料的距離：

> 西伯利亞瀕臨北太平洋的軍港 Vladivostok，原為中國屬土，遲至咸豐十年（1860）方割予俄，較香港歸英治還是後十多年，故直至二十世紀中葉此地之漢名始終沿用其海參崴本名。治理明清史者若採用新譯作「符拉迪沃斯托克」，就是不尊重歷史。處理在華服務西方人士的姓名，情形也是一樣。……李鴻章恒稱之（筆者按：指 William George Armstrong）為阿摩士莊，其他從事洋務的大員亦多採相同或近似的譯名。後之研究者倘不跟從就非得有十分強烈的理由不可。不少現代學者卻別樹一幟，稱之為在原始資料中難得一見的「阿姆斯特朗」！這樣就無端端給意圖查對引用資料的讀者製造困難。這分明是治史而不尊重歷史所產生的毛病。[31]

馬幼垣主張譯名求簡練和善用意譯。明清以來入華西

方傳教士，都有很典雅的漢名，同學務必查清楚，不能亂譯。[32]

　　晚清以來，又有郵政拼音，沿用已久，約定俗成，由此衍生的名詞，也不能亂改，例如北京大學英文名稱是 Peking University、清華大學英文名稱是 Tsinghua University、蘇州大學和東吳大學兩校英文名稱同樣是 Soochow University，不用普通話拼音。同學如寫香港史論文，更要注意，某些單位、機構、官職的中英文名稱並不對應。

　　日文則在寫人名、書名時，用回日文漢字，與繁簡體漢字略有出入。要在 Word 輸入日文片假名、平假名、日文漢字，也很容易，按「插入」之後，再按「符號」即可找到。

　　對於繁簡體字轉換，同學以為用 Word 的「繁轉簡」、「簡轉繁」功能即可，但許多名詞，一轉之後，就不一樣，例如繁體「公元」轉簡體後變成「西元」，繁體「九州」轉簡體後變成「九州島」，還有很多無法一一列舉。同學交功課，往往一股腦兒將全文由簡體變繁體（或反之），搞得「云」、「雲」不分。[33]轉換之後，同學務必仔細校閱。

F. 徵引文獻的原則

　　寫文史論文，徵引原文是必須的，論及別人研究，將觀點完整地呈現，也是必需的。徵引古籍文獻，有一定的原則要遵從，否則很容易出錯，甚至破壞成篇文章的論證。

　　嚴耕望在《治史經驗談》列出治史原則，其中談及徵

引史料。首先，「轉引史料必須檢查原書」，並從《輿地紀勝》、《讀史方輿紀要》舉出四個例子。[34] 筆者引申為三種情況：

1. 後世書籍會引用前代書籍，諸如類書、方志。同學使用時要留心，最好試試能否追溯引文最原先出處。例如萬曆年間郭棐纂《粵大記》引載南齊王琨生平，有「廣州刺史但經城門一過，便得三十萬」。[35] 按《南齊書‧王琨傳》原作「廣州刺史但經城門一過，便得三千萬」。[36] 後世書籍抄錄時往往出錯。

2. 同學看別人的文章時，發現別人引用某條資料，自己也合用，直接複製。這種情況必須尋出原文，親眼看一次。

3. 今時今日，很多古書都有電子版，諸如「中國哲學書電子化計劃」，又或在網路上剪貼。從網路上取來的資料，錯的機會很高，同學務必查核原書。

筆者查閱「中國哲學書電子化計劃」經常發現錯誤，舉一例子（見頁 98 圖）：

《蘆浦筆記‧辨諸葛武侯疏脫誤句讀》中「費禕、董允」變成「費恕（6）湯啥允」、「禕、允之任」變成「恕（16）手任」、「責攸之、禕、允等之慢」變成「責攸之、恕（16）實戎慢」。

其次，「儘可能引用原始或接近原始史料，少用後期改編過的史料」。[37] 例如司馬光《資治通鑑》當然是很重要的書，

但研究秦漢史，不應引《資治通鑑》作為史料。辛德勇《製造漢武帝》序文說此書想說明的是不能據《資治通鑑》為史料研究西漢史。[38] 筆者再舉兩個例子：（一）《史記·晉世家》記載趙盾諫晉靈公，及後晉靈公在飲宴中伏兵殺趙盾，最終靈公被趙穿所弒，史源來自《左傳·宣公二年》，但比對《史記》[39] 與《左傳》[40] 所記，兩書內容差別很大（見附錄一）。根據《史記》，是無法理解整個故事的來龍去脈的，而且訛誤甚多。（二）據張曉宇研究，李燾《續資治通鑑長編》及明代成化本《道鄉集》載有鄒浩〈論宰相章惇疏三首〉，前者所載鄒浩奏疏批評章惇，同時也批評司馬光；但是，後者卻把批評司馬光的部分刪掉，顯然經後人竄改。[41]

陳垣史源學提示三種引用史料時的錯誤情況：

1. 史源本身沒有錯誤，但引用者由於疏忽，或由於誤解，把正確變成錯誤。這種情況可稱為誤引。

2. 史源本身沒有錯誤，但引用者沒有直接查對原

書，僅是根據他人之誤引，結果是以訛傳訛。

3.　史源本身就有錯誤。[42]

陳垣以乾嘉史家所寫史著為例，例如《廿二史劄記》、《十七史商榷》、《廿二史考異》，追尋其史源，考正其訛誤，以練習讀史能力，警惕不能掉以輕心，並總結為一句話：「*毋信人之言。*」[43] 杜維運總括趙翼《廿二史劄記》六類引書錯誤：「未細稽原文而誤」、「刪節原文不慎而誤」、「照原文鈔錄不慎而誤」、「望文生義未嘗參稽原文而誤」、「以部分概括全體而誤」、「卷帙羅列，參互比照，史實一時而誤移」。[44] 同學讀古人筆記，務必注意筆記內容：

1.　所用史料是否正確。

2.　徵引是否充分、完備。

3.　敘述有無錯誤，例如人、地、年代、數目、官名。

4.　判斷是否正確。

再進一步說，有些書不要作為資料徵引，例如《西漢會要》、《東漢會要》、《全上古秦漢三國六朝文》、《全唐文》，它們都是彙編的書，抄錄時可能出錯，同學如要引用，應盡力找回原文。

從二手轉引得來的資料，縱使很有用，徵引時一定要找回原文，否則很容易出錯。楊海明憶述唐圭璋一段研究經歷，唐圭璋箋注朱彊村編《宋詞三百首》，裏面收有岳飛〈滿江紅〉，後面附錄宋朝《藏一話腴》內容，卻不是直接從《藏一話腴》抄來的，而是從沈雄《古今詞話》轉錄，因而把沈雄的話「又作〈滿江紅〉，忠憤可見，其不欲等閒白了少年

頭，可以明其心事」與《藏一話腴》的原文混淆，以為這句話也出自《藏一話腴》。後來夏承燾學生研究〈滿江紅〉真偽，看到唐圭璋注文，特地請教他。最後，唐氏發現自己將沈雄《古今詞話》的話誤以為是《藏一話腴》的話而引錄。所以，唐氏以此為例教導學生：「做學問一定要查第一手資料，要引《藏一話腴》就引《藏一話腴》，不要在沈雄的《古今詞話》裏引《藏一話腴》。要引也可以，但一定要校對原文。」[45]

同學跟二手資料或轉手資料來徵引文獻，別人錯就跟着錯，例如別人抄漏字、抄錯字、誤植、寫錯出處，又或是自己過錄資料出錯，這些都不稀奇，天天都會發生。總而言之，二手或轉手資料，必須找回原書親眼看看，校對幾次才可。

同學閱讀、標點古文能力有限，最好先使用標點本或校注本。榮新江說：「從一般的翻閱的角度來說，首先用標點本古籍。因為一部嚴肅的標點本古籍，往往都對校過現存的宋元本和其他主要的版本，並有很好的校記告訴你各本的不同寫法，所以一冊在手，等於看了好幾個本子。」[46]當然，標點本古籍良莠不齊，也經常有斷句問題，但是總比同學自己標點可靠一些。北京中華書局、上海古籍出版社、齊魯書社、巴蜀書社等出版的標點本古籍，都有一定水準。

今天，《四庫全書》電子檢索版大行其道，每家大學圖書館都購入，再加上掃描版（即 pdf、djvu）在網路上供下載，為研究者帶來前所未有的便利。然而，這也導致同學貪

圖方便，只查電子檢索版，不再找其他版本來使用，尤其標點本、校注本。同學交來的功課常常出現兩種情況：（一）參考書目裏面古籍全從《四庫全書》而來，不知《四庫全書》版的問題。（二）據《四庫全書》版自行標點，引文因而錯誤百出。

　　確實，天下書籍之多，圖書館不可能每部書都購入。一套《四庫全書》，幫助解決很多問題。即使專家學者也利用《四庫全書》本。但是，如果一部古籍有標點本、校注本的話，同學最好先找來看看。

　　同學必須知道《四庫全書》本的問題。黃寬重〈漫談《滿江紅》的版本與民族意識〉指出〈滿江紅〉在《四庫全書》所收書中經過改動。[47] 王汎森對乾隆修《四庫全書》有深入探討，乾隆的目的之一是「要維護滿清統治的正當性，所以要壓抑、刪除、禁毀任何不利滿族的材料，而且也要把古往今來，凡是可以引起種族意識的文章盡情刪改或查禁」。[48]最終，《四庫全書》所收書籍有些被改得體無完膚。楊晉龍歸納《四庫全書》缺失有十項：

1.　　刪除目錄

2.　　刪除序跋

3.　　刪去注解者姓名

4.　　刪除增補者之名

5.　　更改編排體例

6.　　刪除違礙文字

7.　　改換違礙文字

8. 鈔錄訛誤

9. 底本不佳

10. 蒐錄標準太狹 [49]

　　同學引用《四庫全書》所收古籍時，要多留意。陳尚君《四庫提要精讀》以五代後蜀何光遠《鑒誡錄》為例，說明《四庫全書》改動古書的問題：

原本	改本
〈斥*亂常*〉：賓貢李珣，字德潤，本蜀中土生波斯也。少小苦心，屢稱賓貢，所吟詩句，往往動人。尹校書鶚者，錦城煙月之士，與李生常為善友。遽因戲遇嘲之，李生文章掃地而盡。詩曰：「異域從來**不亂常**，李波斯強學文章。假饒折得東堂桂，***胡臭***熏來也不香。」（影印上海圖書館藏宋本《鑒誡錄》卷四）	〈斥**李珣**〉：賓貢李珣，字德潤，本蜀中土生波斯也。少小苦心，屢稱賓貢，所吟詩句，往往動人。尹校書鶚者，錦城煙月之士，與李生常為善友。遽因戲，遂嘲之，李生文章掃地而盡。詩曰：「異域從來**重武強**，李波斯強學文章。假饒折得東堂桂，**深恐**熏來也不香。」（文淵閣《四庫全書》本《鑒誡錄》卷四）[50]

　　相關例子，多不勝數。在網路上，筆者又找到田大樹列出的數例，可以參考，篇幅所限，不再煩引，只引兩例。

原本	改本
貝瓊〈東白軒記〉：「宋**訖而中國復淪於夷狄**，君子於此蓋深傷之，必有繼宋之白於**百年之後**者。越二十年而大明肇興，四方萬里莫不瞻其景氣之新……」[51]	貝瓊〈東白軒記〉：「宋**自靖康而降**，**偏安江左**，君子於此蓋深傷之，必有繼宋之白於**既衰之後**者。越二**百餘**年大明肇興，四方萬里莫不瞻其景氣之新……」[52]
方孝孺〈盧處士墓表〉：「處士生元中世，**俗淪於胡夷**，天下皆**辮髮椎髻**，**習其**言語文字，馳馬帶劍以為常。」[53]	方孝孺〈盧處士墓表〉：「處士生元中世，**群盜已競起**，天下皆**尚勇好鬥**，**不樂**言語文字，馳馬帶劍以為常。」[54]

陳尚君提出：

由於近年四庫本的廣泛印行和《四庫全書》電子全文檢索系統的普遍使用，年輕學人經常利用四庫本從事古代歷史文化研究。在此特別要提出警告，在利用四庫本時一定要了解其抽毀、刪改的具體情況，不要輕易相信其欽定文本的權威性。尤其在研究與民族問題有關的課題時，在研究遼金元史、南宋前期史和明清易代史時，最好少用甚至完全不要用四庫本。[55]

李裕民歸納四庫本改動原則：

1. 為避諱而改。以《中興小紀》為例，改動了書名，原名為《中興小曆》，為避乾隆皇帝弘曆的諱，改為今名，而同一部《四庫全書》中，其《提要》引此書時仍作《中興小曆》，「曆」字缺了末筆。［古人避諱方法之一是將原字寫少一筆］

2. 改動對少數民族有貶義的詞語。如虜、夷、狄等，連帶刪改有關的詞句甚至部分內容。《避戎夜話》改作《避兵夜話》（《花草粹編》卷一）。

3. 大量改動與少數民族有關的人名、地名，清統治者認為宋人翻譯水準不行，所以要重新翻譯，如金代開國皇帝「阿骨打」改為「阿固達」，大將「兀朮」改為「烏珠」，「粘罕」改成「粘沒喝」或「尼堪」，「婁宿」改

成「羅梭」，不知道的還以為是不同的兩個人。(可參
考汪輝祖《同姓名錄》。)

4. 刪除部分內容，明陸深撰《儼山外集》三十四
卷，「舊刻本四十卷，今簡汰《南巡日錄》、《大駕北還
錄》、《淮封日記》、《南遷日記》、《科場條貫》、《平北
錄》六種，別存其目，故所存惟三十四卷。」(《四庫
全書總目》卷一二三，下簡稱《總目》。)事實上其中
只有四種存目，《大駕北還錄》、《平北錄》則完全不見
蹤影。[56]

王瑞來亦以《續宋中興編年資治通鑑》為例，對比四
庫本與元刻本在內各種版本，發現四庫館臣對此書擅加改
動，原因不只是出於政治因素，而是為了文從字順而無據妄
改。四庫館臣學力不逮，反而致誤。王瑞來警惕讀者使用
《四庫全書》電子版時，必須慎重。[57]

學者一般先找其他版本，在沒有辦法的情況下，才用四
庫本。榮新江指出：「但有一次參加一個學生的論文開題報
告時，看到她的參考文獻中宋人別集類的 98% 都是《四庫》
本，這是不行的，像已經有很好的整理本的文集，如《蘇魏
公集》、《陳亮集》等，《四庫》本只能是參照本，引用時要
使用最好的標點本。」[58]當然，同學也不需要完全不用《四庫
全書》，但使用時要多警惕就是了。

「《四庫全書》數據庫」和「中國基本古籍庫」檢查、
拷貝非常容易、方便，但引用時一定要拿可以信靠的標點

本、校注本或原書核對，並作為引用依據。如果同學將電子檢索版的古籍照單全收，很容易出錯。李裕民又發現電子檢索版《四庫全書》有四大問題：（一）各書中表格的內容一概不收。（二）打錯字的地方不少。（三）製作者不識異體字。（四）避諱字問題。[59]

筆者查「中國基本古籍庫」也碰到一些錯誤，姑舉一例以助說明：

將此頁與《揭傒斯全集》〈盧陵縣丞馮君修造記〉比對一下，就會發現錯誤。[60]

「中國基本古籍庫」收載〈盧陵縣丞馮君修造記〉不單繁簡體字在文中混雜，轉換有問題，甚至連標題也錯了，將「記」字下移作文章開頭。其他電子檢索版也有類似的問題，陷阱處處。筆者使用「中國方志庫」時，發現一例，可供參考：

庶庾庫匿，
崇者雲覆，深者谷授。
列衛肅肅，
逢溪有覺，是顧是復。
水益其深。

[校]〔一〕蓬溪，原「溪」字無，據泗部叢刊本補。
本前衍「多」字。
本作「降災」。

榱比鱗次，壯麗完厚。
煥若天作，儼若神造。世尊穩穆，
愈帥其徒，載祈載祝。天子萬壽，庶民五福。
愈帥其徒，載祝載欽。天子萬壽，庶民一心。山增其高，

〔二〕唐武宗，四部叢刊本無「唐」字。
〔三〕工，四部叢刊本誤作「上」。
〔四〕百，四部叢刊本誤作「不」。
〔五〕郊之南，四部叢刊
〔六〕降火，四部叢刊

盧陵縣丞馮君修造記

吉安於江西為劇郡，盧陵於吉安為劇縣，古號難治。
政弛。日憚夕惕，僅免於戾。然亦未嘗無名守令也。
延祐六年多十月之望，監察御史部行至郡，視故醫學前直晋市，傍切獄垣，以為非宜，
論郡亟遷之〔一〕。十有二月〔二〕，郡曹上言〔三〕，故盧陵縣治夷衍爽塏，可遷。初廢其地以為
紋錦院機絡之局，而縣寄樓郡治之西五萬倉。至是乃命增築紋錦院以處機絡，而以其地為
醫學〔四〕，徙縣治舊學而復故倉。三役並興，悉以縣丞馮君克敏董之。君慨然受命而不辭，
曰：「吾弗為，必有病吾民者至矣！」會是歲君當督輸，即風輪者出力佐之，得楮幣數千緡，

急則怨，緩則怠；怨則身危，怠則

　　此段出自《浦江縣志》卷六，單單〈神醫國手〉一段短短五行，就有三處認字問題，「古今醫統」變為「占今醫統」、「大觀」（宋徽宗年號）變成「夫觀」（截圖見下頁）。當然，這幾個字確實難認，也不能苛責。但同學使用時一不留神，沒有做更多查考，就會弄出笑話。

　　同學經常有另一個問題，就是讀到沒有標點的古籍，或者不知去哪裏找標點本。如果自行標點，十居其九又會斷錯句，怎麼辦？

　　同學之所以找不到標點本古籍，最主要原因是沒有靈活

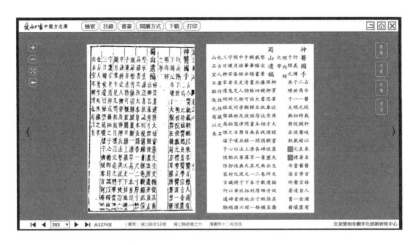

變通。有一次，一位學生要查王惲《秋澗先生大全集》，筆
者說有標點本，可以找來看看。學生說找過，該書沒有標點
本。原來這位學生只在圖書館網站查《秋澗先生大全集》，
其實中華書局出版楊亮、鍾彥飛點校《王惲全集彙校》，即
是《秋澗先生大全集》。[61] 又如胡祗遹《紫山大全集》，標點
本可看魏崇武、周思成校點《胡祗遹集》；張栻《南軒集》，
標點本應看楊世文點校《張栻集》。[62] 類似例子還有很多，同
學找書要靈活一點。

　　如果真的沒有標點本古籍又怎麼辦？先看看這一段。
程章燦批評英文學術論著譯成中文後，出了許多問題。他
舉《內闈 —— 宋代的婚姻和婦女生活》中譯本一段原文為
例。[63] 為方便說明，先將原文列出：

　　　三世聯姻舊矣。潘楊之睦，十緗講好。慚於葛末之
　　間，宋城之牘豈偶然。渭陽之情益深矣。伏承令女，施

繫有戒。是必敬從爾姑。第五子學箕未成,不能酷似其
舅。爰謀泰筮用結歡盟。夸百兩以盈門。初非競侈,瞻
三星之在戶,行且告期。[64]

這條資料出自洪适〈第五子昏書〉,程章燦指出正確斷
句應是:

> 三世聯姻,舊矣潘楊之睦;十緇講好,慚於葛末之
> 間。宋城之牘豈偶然,渭陽之情益深矣。伏承令女施繫
> 有戒,是必敬從爾姑;第五子學箕未成,不能酷似其
> 舅。爰謀泰筮,用結歡盟。夸百兩以盈門,初非競侈;
> 瞻三星之在戶,行且告期。[65]

中譯者顯然靠電子檢索找回原文,然後自己標點,但限
於古文知識,未能理解原文而斷錯句。碰上這樣的情況,同
學應先找洪适《盤州文集》標點本,如果沒有以《盤州文集》
為名的標點本,再試試有沒有《洪适集》;如果同樣沒有以
《洪适集》為名的標點本,則再進一步 Google 一下,凌郁之
集洪适、洪遵、洪邁三人作品的文集以《鄱陽三洪集》為
名,在它的標點本頁 518 即可找回此段。[66]

如果真的沒有文集的標點本,又可以怎麼辦?同學可以
找《全宋文》。中央研究院歷史語言研究所建置「上海辭書
全宋文目錄」[67],很容易找到〈第五子昏書〉的卷數、冊數、
頁碼。

上海辭書全宋文目錄 (2011/09/26 更新)

回查詢畫面　欄位索引

檢索歷史　$1 (1筆)第五子昏書　顯示結果每頁 10　筆(自第 1　筆)　顯示結果

共 1 筆，本頁顯示第 1 至 1 筆，依 篇 名　遞增　排 序

詳目輸出

第 1/1 筆 of DB2

作者	洪适
篇名	第五子昏書
冊數	一一三
卷數	全宋文卷四七三七
頁數	二八七

下載存檔　本頁全部　本頁打勾部份　所有打勾部份　本次檢索結果　　至本頁首

(每次最多下載200筆)

欄位選擇

　　當然，《全宋文》是由曾棗莊、劉琳等人編輯，因此如要徵引，也以徵引《鄱陽三洪集》為先。但是，如果某部文集沒有標點本，同學又沒有能力自己標點，可以先參考《全宋文》斷句，不致於胡亂標點。如需查找各個朝代的文章，以下書籍有參考作用：

1. 嚴可均輯，陳延嘉等校點，《全上古秦漢三國六朝文》，石家莊：河北教育出版社，1999。

2. 董誥編纂，孫映逵點校，《全唐文》，太原：山西教育出版社，2002。

3. 周紹良主編，《全唐文新編》，長春：吉林文史出版社，1999。

4. 曾棗莊、劉琳主編，《全宋文》，上海：上海辭書出版社；合肥：安徽教育出版社，2006。

5. 李修生主編，《全元文》，南京：江蘇古籍出版社，2000。

6.　錢伯城等主編,《全明文》,上海:上海古籍出版
　　社,1992。[此書只出版兩冊]

當然,千萬不要把上列諸書作為史料徵引。這些書斷句
不是全都正確,也有錯誤的,但當碰到斷句困難時,先參考
這些書,總有幫助,好過自己胡亂標點。

斷句也是別人治學、研究的辛勞成果,不能據為己有。
如果真的用到《全宋文》斷句,最好同時注釋自己使用的版
本和《全宋文》,並說明斷句參考自《全宋文》。[68]

同學引用古籍,也盡量先取繁體字本,以免因對繁簡體
字認識不足而出錯。舉例來說,南宋張杲《醫說·鬚髮眉所
屬》在簡體字版作「须发眉所属」。上海科學技術出版社據
上海中醫學院圖書館館藏癸酉夏五陶風樓影印《醫說》此條
作「鬚髮眉所屬」。[69]如果同學用簡體字版而又不察覺繁簡字
轉換問題,照引的話就會出現錯誤。

G. 避諱

避諱涉及範圍很廣,上引《四庫全書》本的問題,部分
是因避諱衍生出來。陳垣《史諱舉例》、范志新《避諱學》、
王建《史諱辭典》很詳盡地說明歷代避諱內容。[70]避諱常見方
式有缺筆、空字、改字等,往往導致原文改變,增添後人閱
讀困難,同學讀古書時要多注意。

例如下圖第一行第二個字,原是「胤」字,因避雍正諱
而缺一筆。[71]

而肩之以窮其機故萬物外形剛柔分情隆弛其德更

貿其迹一著於筆如著金石刻於彝罍囧敢或定故

天下之糾紛成萬物之精華者莫大於書非天下之至

精其孰能作之逝者逝也來者進也沒則澌滅進則過

溢往者著之來者平之迎往而迎來立中而定之以為

萬世法非天下之至正其孰能作之民心不齊世變風

欽定四庫全書　說文繫傳　卷三十八

移夸而自巧以誑國寶罷不中法謂之悖道故立曰方音

以為罷正矩以為工人君若能察之大化得馬萬民一

馬非天下之大智其孰能作之是以君子所樂而玩者

文之質也所取而馮者字之意也以行事者取其義以

作罷者尚其規故曰皿蟲為蠱反正為乏非天下之至

神其孰能作之其稱名也小其取義也大其著於人也

深精則簡纁則繁故人獸與也精者象而纁者譬故曰

月丘陵殊也古者聖人之心在於書乎故著而行之是

以古之王者立中而天下治正家而天下定南面而治

垂衣裳而已矣蓋著於王　王字天無私覆地無私載曰

月無私照人君法之故背私而為公蓋著於公　八背也私也

王者之道廣覆黃愛無適也無莫也蓋著於衣　衣下雅

欽定四庫全書　說文繫傳　卷三十八

象為上者正貝以出令蓋著於君　古文君為尼念為下

者鞠躬以事其上蓋著於臣　之狀君子居於正故居久

蓋著之立天不能獨運地以佐之君不能獨治臣以佐

之交修可否以成其德故令出而不擁蓋著於行　於相

佑殺者所以立法也故務於去惡去惡而善行矣蓋著

於刑井法也古者制罷有象成象有矩蓋著於工古者

注釋

1　〔清〕章學誠著，葉瑛校注，《文史通義校注》（北京：中華書局，1985）。倉修良，《文史通義新編新注》（杭州：浙江古籍出版社，2005）。

2　任乃強，《華陽國志校補圖注》（上海：上海古籍出版社，1987）。劉琳，《華陽國志新校注》（成都：巴蜀書社，1984）。

3　趙呂甫，《史通新校注》（重慶：重慶出版社，1990）。

4　〔北齊〕顏之推著，王利器集解，《顏氏家訓集解》（北京：中華書局，1980）。楊伯峻，《列子集釋》（北京：中華書局，1979）。高亨，《周易古經今注》（北京：中華書局，1984）。胡道靜，《夢溪筆談校證》（上海：上海人民出版社，2016）。楊明照，《抱朴子外篇校箋》（北京：中華書局，1997）。〔元〕王惲著，楊亮、鍾彥飛點校，《王惲全集彙校》（北京：中華書局，2013）。〔唐〕柳宗元著，王國安箋釋，《柳宗元詩箋釋》（上海：上海古籍出版社，1993）。

5　張舜徽，《中國古代史籍校讀法》，收入張舜徽，《張舜徽集》（武漢：華中師範大學出版社，2004），頁 248-250。

6　余嘉錫，《世說新語箋疏》（北京：中華書局，2011）。徐震堮，《世說新語校箋》（北京：中華書局，1984）。楊勇，《世說新語校箋》（北京：中華書局，2019）。

7　顧久，《抱朴子內篇全譯》（貴陽：貴州人民出版社，1995）。楊伯峻，《孟子譯注》（北京：中華書局，1960）。陳鼓應，《莊子今譯今注》（台北：台灣商務印書館，2011）。陳鼓應，《老子註譯及評介》（台北：台灣商務印書館，2017）。蘇淵雷，《三國志今注今譯》（長沙：湖南師範大學出版社，1991）。楊燕起譯注，《史記（全本全注全譯）》（長沙：嶽麓書社，2021）。許嘉璐主編《二十四史全譯》，由上海世紀出版集團、漢語大詞典出版社出版，合共 88 冊，2004 年陸續出版。

8　〔唐〕杜牧，陳允吉校點，《樊川文集》（上海：上海古籍出版社，1978），卷 16，〈第二啟〉，頁 244。〔唐〕杜牧，歐陽灼校注，《杜牧集》（長沙：嶽麓書社，2001），卷 16，〈第二啟〉，頁 222。

9　謝方，〈二十六年間 —— 記《大唐西域記校注》的出版兼懷向達先生〉，《書品》，期 1（1986 年），頁 33-41。

10　〔南朝梁〕釋慧皎著，湯用彤校注，湯一玄整理，《高僧傳》（北京：中華書局，1992 年）。1999 年，再改名《校點高僧傳》收入《湯用彤全集》，見湯用彤，《校點高僧傳》，收入湯用彤，《湯用彤全集》（石家莊：河北人民出版社，2000），卷 6。湯用彤著，《校點高僧傳》，收入湯一介主編，《湯用彤全集》（三重：佛光文化事業有限公司，2001），卷 5、卷 6。湯用彤《校點高僧傳》出版的來龍去脈，參見趙建永，〈湯用彤與《高僧傳》的整理研究〉，《中國

典籍與文化》，期 3（2011 年 7 月），頁 150-153。

11　陳垣編纂，陳智超、曾慶瑛校補，《道家金石畧》（北京：文物出版社，1988）。

12　湯志鈞、湯仁澤編，《梁啟超全集》（北京：中國人民大學出版社，2018）。〈《梁啟超全集》出版　湯氏父子 36 年的漫長跋涉〉，《新京報》，2019 年 1 月 26 日。http://epaper.bjnews.com.cn/html/2019-01/26/content_745322.htm?div=2（2022 年 2 月 23 日檢索）。

13　杜澤遜，《文獻學概要（修訂本）》（北京：中華書局，2016），頁 7。古籍版本是專門學問，同學剛學寫論文，很難全面地掌握。有興趣的同學可參看黃永年，《古籍版本學》（南京：鳳凰出版傳媒集團、江蘇教育出版社，2005）。

14　點校本《史記》修訂組，〈修訂前言〉，〔漢〕司馬遷，點校本《史記》修訂組，《點校本二十四史修訂本〈史記〉》（北京：中華書局，2014），頁 12。

15　Jim Giles, "Internet Encyclopaedias Go Head to Head," *Nature* 438 (December 2005), pp. 900-901.

16　路新生，〈《互校記》與《先秦諸子繫年》之史源發覆〉，《史學月刊》，期 5（2006 年 5 月），頁 92-93。

17　錢穆，《先秦諸子繫年》，卷 2，〈墨子生卒攷〉，頁 89-90。

18　路新生，〈《互校記》與《先秦諸子繫年》之史源發覆〉，頁 90-91。

19　汪榮祖説：「不過，我們在欣賞海外中國史研究的同時，不宜一廂情願，認為海外的研究就比較高明，甚至不辨良莠，盡情翻譯，幾乎照單全收。更值得我們注意的是，出問題的不儘然是三流出版社出版的無名小卒的作品，而往往是著名出版社出版的大名鼎鼎的學者的著作。」文中舉出六大問題：離譜誤讀、嚴重的曲解、荒唐的扭曲、不自覺的概念偏差、顛倒黑白的傳記、居心叵測的翻案。文中許多實例，在此不一一徵引。汪榮祖，〈海外中國史研究值得警惕的六大問題〉，《國際漢學》，期 2（2020 年 3 月），頁 5-20。〈60% 的中譯本不值一讀？閻克文、劉蘇里、唐小兵談社科翻譯亂象〉，《新京報》，2021 年 3 月 4 日。https://zhuanlan.zhihu.com/p/354908603（2022 年 10 月 23 日檢索）。錢鍾書曾幽默地説：「當然，一個人能讀原文以後，再來看錯誤的譯本，有時不失為一種消遣，還可以方便地增長自我優越的快感。」錢鍾書，〈林紓的翻譯〉，《七綴集》（北京：生活・讀書・新知三聯書店，2002），頁 82。

20　Patricia Buckley Ebrey, *The Inner Quarters: Marriage and the Lives of Chinese Women in the Sung Period* (Berkeley: University of California Press, 1993), p. 56.

21　譚凱著，胡耀飛、謝宇榮譯，《中古中國門閥大族的消亡》（北京：社會科學文獻出版社，2017），〈譯後記〉，頁 317-318。

22　王賡武著，胡耀飛、尹承譯，《五代時期北方中國的權力結構》（上海：中西書局，2014），〈譯後記〉，頁 240-251。

23　增淵龍夫著，呂靜譯，《中國古代的社會與國家》（上海：上海古籍出版社，2017），〈譯者序〉，頁 1-11。

24　韓昇，〈宮崎市定和《九品官人法研究》〉，收入宮崎市定著，韓昇、劉建英譯，《九品官人法研究 —— 科舉前史》（北京：中華書局，2008），頁 1-20。韓昇譯《九品官人法》原由中華書局在 2008 年出版，2020 年再由生活・讀書・新知三聯書店出版。2021 年 10 月 20 日，韓昇向天目新聞舉報，他花了十餘年時間翻譯此書，並於 2003 年取得京都大學出版社中譯本授權，而大象出版社《九品官人法》中譯本是高仿本。韓昇委託其他高校教授做比對，兩書相似程度高達 75% 以上。所以，同學也要慎選中譯本。〈復旦韓昇教授《九品官人法研究》譯文疑遭抄襲，相似度高達 75%！〉，https://sunnews.cc/history/400316.html（2022 年 2 月 23 日檢索）。

25　徐泓，〈何炳棣教授及其《明清社會史論》〉，收入何炳棣著，徐泓譯，《明清社會史論》（台北：聯經出版事業公司，2013），頁 xxix。

26　周建渝，〈《石頭記》的敘述層次及其功能與意義〉，《中國文化研究所學報》，期 58（2014 年 1 月），頁 177-199。

27　威妥瑪（Thomas Francis Wade, 1818-1895）原是英國外交官，創立以羅馬拼音拼讀漢字，後來韋理斯（一譯翟理斯，H.A. Giles）再加修訂，因而合稱 Wade-Giles system。威妥瑪法因此又稱為韋（或翟）氏拼法。

28　席澤宗，《科學史八講》（台北：聯經出版事業公司，1994），〈何丙郁序〉，頁 2。

29　Philip Clart, "Chinese Names of Western Scholars," https://home.uni-leipzig.de/clartp/ChineseNamesWesternScholars.html (accessed March 15, 2022).

30　新華通訊社譯名室編，《世界人名翻譯大辭典》（北京：中國對外翻譯出版公司，1993）。

31　馬幼垣，《靖海澄疆 —— 中國近代海軍史事新詮》（台北：聯經出版事業公司，2009），〈自序〉，頁 xii。

32　參考中國社會科學院近代史研究所翻譯室編，《近代來華外國人名辭典》（北京：中國社會科學院出版社，1981）。

33　還有其他例子，「范」、「範」；「后」、「後」；「发」、「髮」；「里」、「裏」；「着」、「著」；「余」、「餘」，不能盡錄。

34　嚴耕望，《治史經驗談》，頁 60-64。

35　〔明〕郭棐，《粵大記》（北京：書目文獻出版社，1990），卷 10，〈宦蹟類〉，頁 173。

36　〔南朝梁〕蕭子顯，《南齊書》（北京：中華書局，1972），卷 32，〈王琨傳〉，頁 578。

37　嚴耕望，《治史經驗談》，頁 51。

38　辛德勇，《製造漢武帝：由漢武帝晚年政治形象的塑造看〈資治通鑑〉的歷史構建》（北京：生活・讀書・新知三聯書店，2015），〈撰述緣起〉，頁 1-5。

39　〔漢〕司馬遷，點校本《史記》修訂組，《點校本二十四史修訂〈史記〉》，卷 39，〈晉世家〉，頁 2018-2020。

40　楊伯峻，《春秋左傳注（修訂本）》（北京：中華書局，1990），冊下，頁 655-662。

41　張曉宇，〈學派以外：北宋士人鄒浩的政治及學術思想〉，《思想史》（台北：聯經出版事業公司，2018），頁 1-46。

42　陳垣，《陳垣史源學雜文》（北京：人民出版社，1980），頁 9。

43　陳垣，《陳垣史源學雜文》，頁 9。

44　杜維運，〈趙翼與歷史歸納研究法〉，收入杜維運，《清乾嘉時代之史學與史家》（台北：台灣學生書局，1989），頁 137-144。

45　楊海明，〈我的詞學人生〉，收入楊海明述，錢錫生編，《詞學與詞心》（北京：中華書局，2021），頁 240-241。

46　榮新江，《學術訓練與學術規範：中國古代史研究入門》，頁 94。

47　黃寬重，〈漫談《滿江紅》的版本與民族意識〉，收入黃寬重，《南宋軍政與文獻探索》（台北：新文豐出版社，1990），頁 427-430。文中指出《四庫全書》所收〈岳武穆遺文〉〈滿江紅〉改作：「壯志肯忘飛食肉，笑談欲灑盈腔血。」頁 428。其他四庫本改動原文例子，也可參黃寬重，〈版本對歷史研究的重要性：以若干宋代典籍的比勘為例〉，收入黃寬重，《南宋軍政與文獻探索》，頁 325-348。

48　王汎森，〈權力的毛細管作用 —— 清代文獻中「自我壓抑」的現象〉，收入王汎森，《權力的毛細管作用 —— 清代的思想、學術與心態》（台北：聯經出版事業公司，2013），頁 409。

49　楊晉龍，〈《四庫全書》版本是非與「新四庫全書」體例擬議〉，《中國文哲研究通訊》，卷 8 期 4（1998 年 12 月），頁 217-231。具體例子，參黃寬重，〈文淵閣四庫全書本錯簡、脫漏示例 —— 以《相山集》與《慈湖遺書》為例〉，收入黃寬重，《史事、文獻與人物 —— 宋史研究論文集》（台北：東大圖書公司，2003），頁 125-138。

50　陳尚君，張金耀，《四庫提要精讀》（上海：復旦大學出版社，2008），頁 4-5。

51　〔明〕貝瓊，〈東白軒記〉，收入貝瓊著，李鳴校點，《貝瓊集》（長春：吉林文史出版社，2010），卷 27，頁 164。

52　〔明〕貝瓊，《清江文集》，收入《景印文淵閣四庫全書》，集部，別集類，冊 1228，卷 27，〈東白軒記〉，頁 472。

53　〔明〕方孝孺，徐光大點校，《遜志齋集》（寧波：寧波出版社，1996），卷 22，〈盧處士墓表〉，頁 730。

54　〔明〕方孝孺，《遜志齋集》，收入《景印文淵閣四庫全書》，集部，別集類，冊 1235，卷 22，〈盧處士墓表〉，頁 634。

55　陳尚君、張金耀，《四庫提要精讀》，頁 6。

56　李裕民，〈論《四庫全書》文淵閣本的缺陷 —— 以宋代文獻為中心〉，《安徽師範大學學報》，卷 41 期 2（2013 年 3 月），頁 156-163。

57　王瑞來，〈如此四庫：館臣擅改文獻舉隅 —— 以《續宋中興編年資治通鑑》為個案〉，《文獻可徵》（太原：山西出版傳媒集團、山西教育出版社，2015），頁 327-356。《文獻可徵》還收載其他文章談論《四庫全書》電子化後所出現的問題，同學可參看。

58　榮新江，《學術訓練與學術規範：中國古代史研究入門》，頁 110。

59　李裕民，〈論《四庫全書》文淵閣本的缺陷 —— 以宋代文獻為中心〉，頁 156-163。

60　〔元〕揭傒斯著，李夢生標點，《揭傒斯全集》（上海：上海古籍出版社，1985），頁 353。

61　〔元〕王惲著，楊亮、鍾彥飛點校，《王惲全集彙校》（北京：中華書局，2013）。

62　〔元〕胡祇遹著，魏崇武、周思成校點，《胡祇遹集》（長春：吉林文史出版社，2008）。〔宋〕張栻著，楊世文點校，《張栻集》（北京：中華書局，2015）。

63　程章燦，〈學術翻譯的軟肋 —— 對歐美漢學論著之中譯諸問題的思考〉，《文史哲》，期 4（2011 年 7 月），頁 55-63。

64　伊沛霞著，胡志宏譯，《內闈 —— 宋代的婚姻和婦女生活》（南京：江蘇人民出版社，1993），頁 47-48。

65　程章燦，〈學術翻譯的軟肋 —— 對歐美漢學論著之中譯諸問題的思考〉，頁 62。

66　〔宋〕洪适、洪遵、洪邁，《鄱陽三洪集》（南昌：江西人民出版社，2011），頁 518。

67　柳立言、劉錚雲，上海辭書全宋文目錄，http://www.ihp.sinica.edu. tw/ttscgi/ttsweb?@0:0:1:songwen@@0.6216421345070227（2022 年 2 月 23 日檢索）。

68　《全元文》六位作者提告《全元賦校注》主編及其出版社侵權，詳 見報道。《全元文》六位作者的觀點是標點、斷句是智力創作活 動，成果應享有著作權。〈古籍《全元文》六名點校者訴《全元賦 校注》出版社及主編〉，《新京報》，2019 年 8 月 16 日。https:// www.bjnews.com.cn/detail/156593987814394.html（2022 年 2 月 23 日檢索）。

69　〔宋〕張杲，王旭光、張宏校注，《醫説》（北京：中國中醫藥出版 社，2009），卷 8，〈論醫‧鬚髮眉所屬〉，頁 311。〔宋〕張杲，《醫 説》（上海：上海科學技術出版社，1984），冊下，卷 8，〈論醫‧ 鬚髮眉所屬〉，頁 32。

70　陳垣，《史諱舉例》（北京：中華書局，2016）。范志新，《避諱學》 （台北：台灣學生書局，2006）。王建，《史諱辭典》（上海：上海 古籍出版社，2011）。

71　〔南唐〕徐鍇，《説文繫傳》，收入《景印文淵閣四庫全書》（台北： 台灣商務印書館，1985），經部，小學類，冊 217，卷 38，〈錯 綜〉，頁 783。

七

論文撰寫注意事項

A. 事實查證

近年流行「fact-check」（事實查證）一詞。同學看書籍或論文，有懷疑須自行查證一下，千萬不要人云亦云，以為是史實就搬字過紙。只要是不肯定的地方，小至人名字號、生卒年，大至事件發生時序、時間、人物之間的關係，都要查清楚。凡是不懂的名詞，同學也要好好理解。下文舉出三例，以助說明。

宋漢理（Harriet Zurndorfer）追溯疑古派來源時，說：

Liang Ch'i-ch'ao, Hu Shih, and Ku Chien-k'ang may be considered members of the 'I-ku p'ai' 疑古派 (a school suspecting the authenticity of ancient China). They traced their ideas back to Ts'ui Shu 崔述 (1740-1816) whose work Shih-chi t'an-yüan 史記探源 (Source tracing of the Shih chi) challenged the authority of Ssu-ma Ch'ien...[1]

　　宋漢理混淆了崔述與崔適兩人，整段追溯疑古派的論述也隨之錯誤。《史記探源》的作者是崔適，[2] 此書也不是挑戰司馬遷《史記》的權威。崔適認為劉歆竄改《史記》，因而尋回《史記》原貌。

　　科大衛 Emperor and Ancestor: State and Lineage in South China 一書，其中一段：

> The other ancient temple in the Pearl River Delta was that of the Hongsheng at Huangbu. The temple was built well before the Tang, for by then, the deity therein had been accorded imperial recognition and granted the name by which he came to be known. In Tang sources, Huangbu was known as Fuxu, a name that has been linked to Thai.[3]

　　文中有一個問題：扶胥是一種樹木名，黃埔該處稱為扶胥港，扶胥與暹羅（泰國）有何關係？

　　黃宇和〈乙未香港會黨魅力無窮〉，引用洪門腰屏（或作腰憑），並由此引證洪門與孫中山的關係。腰屏上有一詩，其中兩句為「長沙灣口連天近，渡過烏龍見太平」，文中解釋說：

> ……則其中「長沙灣」，是香港九龍一個著名地區的名字，靠近臥虎藏龍「三不管」的九龍城寨；「太平」似乎指香港港島一個更著名的華人聚居地 ——「太平

山」，該地人煙稠密，三山五嶽的人馬俱全。此外，「烏龍」似乎暗指位於「長沙灣」與「太平山」之間的維多利亞海港，若會黨中人稱之為「烏龍江」，則所謂「渡過烏龍見太平」更是一語相關。孫中山在香港生活近十年，「太平山」、「長沙灣」等地名，都能給他無限的親切感與真實感，更可能給了他一種假象：該會黨的會眾橫跨港九，勢力浸透全市。可謂極盡誇大之能事！

　　在九龍半島的「長沙灣」，有學者考證出清嘉慶年間出版的《新安縣志》已有記載。至於港島的「太平山」，則似乎並非開埠之前的香港所固有，而很可能是前來做工的天地會會眾所命名。[4]

　　筆者讀畢此段解釋，心中不免有所疑惑。天地會建立，與香港半點關係都沒有，天地會會員腰屏是入會者憑信，內中詩句竟以香港地方命名，而香港「太平山」可能由天地會會眾命名，怎麼可能？孫中山雖入洪門，但洪門詩句總不可能是他所擬。蕭一山《近代秘密社會史料》搜集天地會史料，天地會創立傳說據〈西魯敘事〉、〈西魯序〉，這兩篇文獻說清康熙年間，西魯叛亂，福建少林寺僧助平寇亂。亂平之後，清廷剿平南少林，當中有五人（即為天地會五祖）逃脫，太平寨（不是太平山）、烏龍崗（不是烏龍江）、長沙灣均是五人逃走時經過的地方，對天地會來說有特別意義，才作為腰屏詩句內容。[5]總不能見到長沙灣，就以為是香港九龍的長沙灣。

B. 重視常理

　　同學讀別人的論文，看到不合常理的地方，要格外小心，千萬不要以為是千古未發之覆。正如劉子健所說：「個人看法，以為歷史只是近乎情理的測度。它的實用是有助於思考，使思想活潑起來，從多方面的關係去看，貴於周詳細密，使人不致於陷入盲從、輕信、過簡化、教條式的武斷與誤斷。」[6]許多人都認為歷史研究猶如偵探查案。周一良〈日本推理小說與清朝考據之學──一種文化比較〉說：「清代學者治學的六個步驟，和閻若璩這樣的邏輯推理，其實也正是一般推理小說中進行偵探破案時所採取的。如果假設得合理，證據收集得充分，就可以取得良好結果。如果假設本不合理，加以單文孤證，附會牽強，則搞歷史考據難望達到令人信服的目的……」[7]

　　很多學者研究所得，都是常理下所作的推斷。朱維錚按常理推斷，漢武帝十六歲登基，沒有可能一登帝位，就能罷黜前朝一直奉行的黃老思想。[8]上文反駁黃宇和解釋天地會腰屏詩句竟與香港地名有關，天地會不是起源於香港，黃氏說法不合常理。

　　華佗創製麻沸散，令人飲後即昏去，然後可以施行外科手術。《三國志・魏志・華佗傳》：「若病結積在內，針藥所不能及，當須刳割者，便飲其麻沸散，須臾便如醉死無所知，因破取。病若在腸中，便斷腸湔洗，縫腹膏摩，四五日差，不痛，人亦不自寤，一月之間，即平復矣。」[9]如果一味吹捧

麻沸散的發明等如可以進行外科手術，有點一廂情願。華佗
在病人昏去後開腹，憑甚麼醫學知識知道要切去那部分？切
去那部分等如可以治好甚麼疾病？開腹後如何止血？如何確
保病人不受感染？麻沸散和外科手術，還不是等同的事情。

　　趙翼《廿二史劄記・皇子繫母姓》指漢代皇子未封者，
多以母姓為稱，例如衛太子、史皇孫，都將母姓放於太子
前。趙翼此說有兩個重點：一是皇子，不是指漢代人人都是
這樣；二是繫母姓，將母親姓冠於前。[10] 呂思勉《呂思勉讀史
札記・漢人多從母姓》再深入探討趙翼此說，景帝子王者
十三人，其母五人，《史記》謂之〈五宗世家〉，顯係子從
母姓餘習。又說獻帝，靈帝母自養之，號曰董侯，以所養之
家之姓為姓，因而得出結論「漢人視姓無甚不可改易」。[11]
不知呂思勉「子從母姓」究竟是甚麼意思？如按字面理解，
呂思勉之說是很違背常理的。漢家太子日後將成為天子，
怎會不姓劉？漢元帝雖稱許太子，姓劉名奭；漢獻帝雖稱董
侯，姓劉名協，只是如趙翼所說繫母姓或養家之姓於前，未
能得出「漢人視姓無甚不可改易」的結論。標題「漢人多從
母姓」，頗為誤導，漢朝人不從母姓者比比皆是。

　　《左傳・晉靈公不君》也有不合常理的地方。晉靈君因
不滿趙盾，派殺手鉏麑殺他。鉏麑看到趙盾身穿朝服，坐而
假寐，自忖既不能殺民之主，又不能棄君之命，於是撞樹自
殺。在自殺前一刻，說出自殺原因。試想一下，鉏麑自殺前
心中自述，天地間是不會有人知道的。趙盾從房間出來，也
只能看見鉏麑的屍體而已。《左傳》卻將鉏麑自殺前心中所

思所想道出，怎麼可能？[12]

　　此外，同學讀中譯著作也是，讀到不合常理的地方，應查看英文原著或原文。當然，天地間總有例外的事情，不符合常理的也不是沒有。當看到不合常理的地方，先慢慢思考一下，再作定論。[13]

C. 慎用默證

　　同學寫歷史研究論文，要慎用默證。不是說默證不能用，但不能作為最關鍵的論證。默證利用的討論，以張蔭麟評顧頡剛考古史最為知名：

　　　　凡欲證明某時代無某某歷史觀念，貴能指出其時代中有此與歷史觀念相反之證據。若因某書或今存某時代之書無某史事之稱述，遂斷定某時代無此觀念，此種方法謂之「默證」（Argument from silence）。默證之應用及其適用之限度，西方史家早有定論。吾觀顧氏之論證法幾盡用默證，而什九皆違反其適用之限度。……謂予不信，請觀顧氏之論據。（以下僅舉一例。其他同樣之謬誤不下十餘處，留待下文詳論，以省重複。）「《詩經》中有若干禹，但堯舜禹不曾一見。《尚書》中（除了〈堯典〉、〈皐陶謨〉）有若干禹，但堯舜也不曾一見。故堯舜禹的傳說，禹先起，堯舜後起，是無疑義的。」（見《讀書雜誌》第十四期）。此種推論，完全

違反默證適用之限度。試問《詩》、《書》（除〈堯典〉、
〈皋陶謨〉）是否當時歷史觀念之總記錄，是否當時記
載唐虞事蹟之有系統的歷史？又試問其中有無涉及堯
舜事蹟之需要？此稍有常識之人不難決也。嗚呼，假設
不幸而唐以前之載籍蕩然無存，吾儕依顧氏之方法，從
《唐詩三百首》，《大唐創業起居注》，《唐文彙選》等書
中推求唐以前之史實，則文景光武之事蹟其非後人「層
累地造成」者幾希矣！[14]

　　張蔭麟指出默證利用有其限度，學者對顧頡剛的古史研
究方法有許多檢討，可以一併來讀。

　　吳芳思（Frances Wood）*Did Marco Polo Go to China?* 一
書，其中一章討論《馬可孛羅遊記》沒有記載長城、纏足、
喝茶，對當時中國人的生活沒有深入描寫。[15] 吳芳思認為《馬
可孛羅遊記》沒有記載中國人這些生活，證明此書只是轉
手資料，馬可孛羅根本沒有來華。對此，中外學者不無疑
問，楊志玖、傅漢思（Hans Ulrich Vogel）都有反駁。[16] 如果
套用張蔭麟的質問，《馬可孛羅遊記》是否當時歷史之總記
錄？是否當時記載元人生活的系統歷史？有無涉及長城、纏
足事蹟之需要？當然，這是吳芳思書中論證的一部分，而不
是全部。

　　論文中默證作為論證輔助，並無不可，但要留心其限
度，切忌推論過當。

　　反過來說，同時代的歷史觀念，往往也是理解歷史的

關鍵。例如錢穆《先秦諸子繫年》解釋楚南公所說「楚雖三戶，亡秦必楚」中的「三戶」，有注解家解釋三戶泛指民戶，雖然人不多，楚國也要滅掉秦國。最終一語成讖，項羽焚咸陽。但是，錢穆據戰國時人以數字計宗姓的觀念，論證韋昭解三戶為楚國三大姓昭、屈、景，才是正確，三不是虛詞，更不是地名。[17]

D. 謹慎「一竹篙打一船人」的邏輯

讀書、研究對書中有疑，固然是好事，但也切忌「一竹篙打一船人」的邏輯。試看李伯重的一個說法：

> 從上述情況所反映出的問題來看，我們以往相信的許多「歷史事實」，實際上是否是真實事實，還需考證。在這方面，幾乎所有中國人都耳熟能詳的司馬光砸缸的故事，就是一個很好的例子。這個故事出自《宋史》卷三三六〈司馬光傳〉，原文如下：「司馬光，字君實，陝州夏縣人也。父池，天章閣待制。光生七歲，凜然如成人，聞講《左氏春秋》，愛之，退為家人講，即了其大指。自是手不釋書，至不知飢渴寒暑。群兒戲於庭，一兒登甕，足跌沒水中，眾皆棄去，光持石擊甕破之，水迸，兒得活。」《宋史》是研究宋史最重要的史料來源之一。這段記載出自這一來源，其可靠性似乎應當沒有甚麼問題了。然而，如果我們考慮到以下情

況，可能就會得出不同的結論。

　　首先，司馬光生於宋真宗天禧三年（1019），卒於
宋哲宗元祐元年（1086）。而《宋史》的修撰是元順帝
至正三年（1343）三月開局，至正五年十月成書。從司
馬光辭世到《宋史》成書，中間已隔了近三個世紀，因
此很難說這條記載是真正的原始記載。其次，《宋史》由
元朝丞相脫脫、阿魯圖主持監修，修撰十分倉促草率，
僅兩年就了事。趙翼在《二十二史箚記》「宋史各傳迴
護處」條中說：「元修宋史，度宗以前多本之宋朝國史，
而宋國史又多據各家事狀碑銘編綴成篇，故是非有不可
盡信者。大奸大惡如章惇、呂惠卿、蔡確、蔡京、秦檜
等，固不能諱飾，其餘則有過必深諱之。即事蹟散見於
他人傳者，而本傳亦不載，有功必詳著之，即功績未必
果出於是人，而苟有相涉者，亦必曲為牽合，此非作史
者意存忠厚，欲詳著其善於本傳，錯見其惡於他傳，以
為善善長而惡惡短也。蓋宋人之家傳、表誌、行狀以及
言行錄、筆談、遺事之類，流傳於世者甚多，皆子弟門
生所以標榜其父師者，自必揚其善而諱其惡，遇有功處
輒遷就以分其美，有罪則隱約其詞以避之。宋時修國史
者即據以立傳，元人修史又不暇參互攷證，而悉仍其
舊，毋怪乎是非失當也。」由此而言，司馬光砸缸的記
載也大約是出自相關的家傳、行狀、錄筆、談遺之類。
因此，如果司馬光幼時砸缸的故事是編造出來的，就很
可能是他的「子弟門生所以標榜其父師」之舉。[18]

　　司馬光砸缸其事真偽固然可以討論，但是李氏論證卻屬「一竹篙打一船人」。首先，《宋史》記載所有北宋人故事，皆離三百年。如此事因此被懷疑的話，那麼《宋史》中的北宋人故事，皆需懷疑其真偽。范仲淹、歐陽修、王安石等人在《宋史》中的故事，同樣可以按此邏輯而懷疑其真偽。其次，即使如趙翼所說，此故事出於家傳、表誌、行狀、言行錄、筆談或遺事，也證明不了甚麼。讀者總不能先假定家傳、行狀、筆談、遺事等均有問題。司馬光此故事，目前所見，最早見於釋惠洪《冷齋夜話》卷三〈活人手段〉，此書成於宋徽宗朝。釋惠洪晚於司馬光，但兩人年代相距不遠，而《冷齋夜話》載：「至今京、洛間多為《小兒擊甕圖》。」[19]這個故事在汴京、洛陽等地民間廣為流傳。然而，蘇軾〈司馬溫公行狀〉、〈司馬溫公神道碑〉，范鎮〈司馬文正公光墓誌銘〉，王偁〈司馬光傳〉，子弟朋友所寫祭文等均只載司馬光聞講《左氏春秋》，手不釋卷，而沒有砸缸事。[20]司馬光砸缸是否真有其事，總不能因《宋史》為元人編修而被懷疑，也不能因「子弟門生所以標榜其父師」而被懷疑。元人修《宋史・司馬光傳》時，採《冷齋夜話》之說。司馬光砸缸故事，行狀、神道碑、墓誌等反而沒有載錄（當然，也不能因行狀、神道碑、墓誌載錄而認為一定可信），[21]不論如何，不能用趙翼的說法來質疑。要言之，同學不要將歷史事件套進「一竹篙打一船人」的邏輯裏。筆者建議同學讀讀洪業〈半部論語治天下辨〉，同樣是論證《宋史》中的一個故事，看看他如何追根究柢。[22]

E. 章節連繫

　　一篇文章除去前言和結論，就是正文。就學期論文來說，正文大概有兩、三個小章節即可。每個小章節都需要標題。正文安排沒有單一形式，千變萬化。較常見的方式是提供不同面向來解釋某一歷史事件，例如政治、社會、經濟、外交，它們之間不一定有交集，但從不同角度做說明。

　　但是，最重要還是章節之間必須有某種連繫。即是說，你要有一套說法，為何說完第一個章節，然後有第二個章節，然後又有第三個章節；三個章節之間有甚麼關係？有專家介紹三個小技巧可以在章節開首使用，同學可以參看該網站。[23]

　　同學要想想：文章用這種方式來鋪敘合理嗎？還有沒有其他方式？嘗試把各種方式寫出來，比對一下，看看那一種更具說服力。一篇論文的論證鋪排，由淺入深、由遠而近、由大轉小，都是常見的。上文提及溫迪·勞拉·貝爾徹的建議，也可參考。

　　余英時〈章實齋與童二樹 ── 一條史料的辨證〉共六頁，是一篇很值得讀的文章：

1. 文章開首引錢林《文獻徵存錄·邵晉涵傳》謂章學誠師從劉文蔚、童二樹。先將問題帶出，即要探討此說真假。

2. 列引研究章學誠諸家均以此條資料說明章學誠師承。

3. 檢查《章學誠遺書》有沒有提到章學誠與兩人（劉

文蔚、童二樹）的關係。最終沒有任何資料有助
說明。

4. 最後，舉出錢大昕〈邵君（晉涵）墓誌銘〉，明確
指出錢林《文獻徵存錄·邵晉涵傳》謂章學誠師
從劉文蔚、童二樹出自錢大昕〈邵君（晉涵）墓
誌銘〉，誤將邵晉涵生平當成章學誠生平，至此真
相大白。[24]

余英時此文層層深入，先說明問題，然後列舉近代諸家
採用此說，此文的研究意義在於糾正諸家採用錯誤資料。然
後，查《章學誠遺書》有沒有述說章學誠與兩人的關係。但
是，這個論證只能算是默證，《章學誠遺書》沒有提到，不
等於章學誠與兩人沒有關係。所以，余英時這處論證只能作
為較邊圍的引證。最後，最重要的資料〈邵君（晉涵）墓誌
銘〉放在末尾，一舉出來立即破解謎團。余英時整個論證鋪
排是從邊圍資料過渡到最重要資料，即先輕後重。

洪業〈駁景教碑出土於盩厔說〉承桑原隲藏之說，反駁
法人夏鳴雷（Henri Havret）以〈大秦景教流行中國碑〉發
現於盩厔（位於陝西省，今改稱周至），而不是長安。此文
首先舉夏鳴雷盩厔史料依據，然後指出所據三條史料皆不
可信。其次，魯德照神父（Alvarea Semedo, S. J.）曾於1628
年在西安掌教務，於1642年出版《中國》提及此碑發現於
西安，此條史料最為可信。還有，中國史料皆著錄出土於
長安，而無出於盩厔。再者，以常理推斷此碑不可能出自
盩厔。最後，解釋此碑出自盩厔錯誤之由。[25]洪業論證先破

後立，先確立不可信和可信的史料，再按常理及從此碑作者、內容推斷景教碑不可能出於盩厔，最後說明何以有此誤，整篇文章論證完備。

論證鋪排沒有必然走向，由近（小）至遠（大）、由遠（大）至近（小）、先輕後重、先重後輕、先破後立、先立後破都可以，總之有一個令人容易明白的連繫即可。

F. 校對

同學交來的論文，十居其九沒有校對引文，錯誤百出。不論文言抑或白話，中文抑或英文，同學務必仔細校核所有內容。一字之別，差之毫釐，謬以千里。許多學者都引用東漢鄭玄為例子。[26]《後漢書・鄭玄傳》載鄭玄誡子書：「吾家舊貧，［不］為父母群弟所容，去廝役之吏，遊學周、秦之都，往來幽、并、兗、豫之域。」[27]清代阮元偶然發現金代重刻唐代史承節〈鄭康成祠碑〉，引此段作「為父母群弟所容」，因而斷定《後漢書》衍一「不」字。[28]一字之差，意思完全相反。除此之外，阮元在文中將「廝役之吏」寫成「廁役之吏」，同樣一字之差，也有不同意思。[29]古書中「廝」、「廁」兩字也有搞混的例子。《墨子・非攻》有「廁役」一詞，王念孫解釋說：「廁役二字義無所取，當為廝役之誤。」[30]

鄧小南讀《宋史・余天錫傳》，發現傳中內容反映南宋史彌遠蓄意廢立的一個側面，但《宋史・余天錫傳》抄自《延祐四明志》卻漏掉一字，以致內容扞格難通，補回

一字，就完全理順。[31] 由此可見，校對引用原文，是極為重要的。同學如不細心校對引文，怎能做出好的論文？

曹雨《激辣中國》在 2022 年由台灣麥田出版社出版，出版社編輯將書中「大陸」兩字以全部取代功能換成「中國」。書中「哥倫布發現新大陸」成了「哥倫布發現新中國」、「南亞次大陸」成了「南亞次中國」、「歐亞大陸」成了「歐亞中國」。出版社要將書下架，更要向曹雨和讀者致歉。[32]

管理學上有墨菲法則（或譯作梅菲法則，Murphy's Law）：凡是有可能錯的，就一定出錯。[33] 所以，仔細校對論文幾次，一定會發現錯誤的地方。

G. 刪減重複、無關部分

同學寫論文，往往將想表達的論點，前後不斷重複；同一段引文，反覆徵引。同學要學懂將重複、叨嘮的段落斷捨離。再想強調的事情，也千萬不要前言、正文、結論都講一遍。此外，同學有時講太多無關的東西。筆者看過一些學術論文，發表在有名的期刊，引言長達幾頁，都無關文章宏旨。還有，人盡皆知的事情，也不用講太多，佔據篇幅。

在國內，一篇題為〈生態經濟學集成框架的理論與實踐〉的論文在《冰川凍土》發表，引起熱烈討論。此文有很長篇幅吹捧作者導師的「崇高感」和師娘的「優美感」。這樣的內容不應在科學論文中出現。最終論文撤稿，主編（即作者導師）辭退，期刊整改。[34]

H. 修飾行文

同學的論文經常廢話連篇，講來講去總不能將重點說出來。要學習精煉字句，特別是刪減沒多大意義的修飾或誇張形容。[35] 有些看似很真實和有意義的說話，實際卻是廢話。[36] 桑兵總結看學生論文的經驗，文字方面有五個問題：意思不清、表述太急、主語頻繁變換、冗言廢字過多、好用判斷句。[37] 桑兵所說的情況，恐怕香港同學有過之而無不及。此外，同學往往沒有預留時間修改論文，寫完趕着交給老師就完事。王笛也講出自己寫書的歷程，完成一本書不下十多稿。[38] 同學雖不可能數易其稿，但從頭到尾修改一遍，相信還是必要的。

學期論文很少要求同學寫摘要，但其實寫摘要是訓練精煉字句的最佳途徑。試看兩例。其一是方震華〈戰爭與政爭的糾葛 —— 北宋永樂城之役的紀事〉的摘要，為方便理解，筆者將原本連在一起的段落拆開：

1. 發生於元豐五年（1082）的永樂城戰役，在後代的紀錄中被普遍視為一場影響深遠的慘敗，由於宋軍遭受重大的傷亡，導致神宗放棄對西夏用兵的政策，並因此鬱鬱而終。[此段說明這場戰爭的重要意義]

2. 不過，在傳世的北宋文獻中，對於此一戰役的描述存有很大的差異。[問題所在]

3. 本文從探討此役發生的背景和過程入手，透過考證傳統說法的真實性，指出元祐時代主政官員的

說法，深刻影響了後世對永樂城之役的印象。［研究目的、對象、範圍，研究方法］

4. 這些反對神宗拓邊政策的官員，刻意誇大了此役所造成的人員損失及後續影響，其目的不僅在於打擊主戰的官員，更是要強調神宗因永樂之敗放棄對西夏用兵的政策，以合理化他們與西夏和談的主張。也就是說，政治立場是形塑此一戰役紀錄的重要因素。［論文中的創見，有價值的新發現］

5. 事實上，由於反戰論的盛行，北宋時代的戰爭紀事往往存在強調己方損失、忽略軍事成果的特殊現象，永樂城之役的相關紀事即為其中一例。［研究結果的分析、評價］ [39]

其二是江達智〈全真教初期掌教考〉的摘要：

1. 在全真教的文獻裏，傳統上均認為全真教初期的掌教分別為王重陽、馬丹陽、譚長真、劉長生與丘處機等五人。至於一般研究全真教的學者，向來對此一說也無異議。［指出問題所在］

2. 本文的目的，即在於對此提出修正。［研究目的、對象、範圍，撰寫論文的旨意］

3. 事實上，在馬丹陽死後，譚長真基於自己年事已高，婉拒了繼任掌教。此外，王玉陽也曾擔任全真教的掌教一職。因此，全真教初期的掌教，應為王重陽、馬丹陽、劉長生、王玉陽與丘處機。［論文中的創見，有價值的新發現］

4. 然而，由於全真教的派系之爭及政治上的因素，
才使得在一般全真教的文獻裏，將王玉陽摒於掌
教之外。[研究結果的分析、評價] [40]

同學即使沒有研究過永樂城戰役或全真教，透過兩文
的摘要，也能清楚知道文章在說甚麼。摘要內容表達得清
晰、易明，能夠精準地傳遞論文主旨。以上兩例都是同學學
習的對象。

同學交學期論文，多於限期前最後一分鐘完工。這樣的
話，不可能做出好的論文。同學思考或開始寫論文，不能拖
至學期尾，應該盡早開始。王汎森總結寶貴經驗，就是要給
自己時間思考。[41] 同學越早開始寫學期論文，就有越多時間思
考，千萬不要臨急抱佛腳。

注釋

1　Harriet Zurndorfer, *China Bibliography: A Research Guide to Reference Works about China Past and Present* (Leiden: Brill, 1995), p. 25.

2　崔述（1740-1816）是乾嘉時期學者，崔適（1852-1924）則是今文經學家。

3　David Faure, *Emperor and Ancestor: State and Lineage in South China* (Stanford: Stanford University Press, 2007), pp. 60-61.

4　黃宇和，《歷史偵探：從鴉片戰爭到孫中山》（香港：中華書局，2016），〈乙未香港會黨魅力無窮〉，頁 392-393。

5　蕭一山，《近代秘密社會史料》（長沙：嶽麓書社，1986），頁 178-186。

6　劉子健，《兩宋史研究彙編》（台北：聯經出版事業公司，1987），〈前言〉，頁 4。

7　周一良，〈日本推理小説與清朝考據之學 ── 一種文化比較〉，收入周一良，《周一良集》（瀋陽：遼寧教育出版社，1998），卷 4，頁 275。清代學者六個治學步驟是指注意、虛己、立説、搜證、斷案、推論。閻若璩的邏輯推理是指江藩《漢學師承記》卷一〈閻若璩傳〉中有關閻氏與汪琬討論喪服。

8　朱維錚，〈儒術獨尊的轉折過程〉，收入朱維錚，《中國經學史十講》，頁 65-95。

9　〔晉〕陳壽，《三國志》（北京：中華書局，1964），卷 29，〈魏志・華佗傳〉，頁 799。

10　〔清〕趙翼著，王樹民校證，《廿二史劄記校證（訂補本）》，卷 3，〈皇子繫母姓〉，冊上，頁 61。

11　呂思勉，《呂思勉讀史札記》（上海：上海古籍出版社，1982），頁 544-546。

12　歷來學者相關討論不少，見吳曾祺評注，《左傳菁華錄》（上海：商務印書館，1935），卷 10，〈宣公〉，頁 19。錢鍾書，《管錐篇》，〈左傳正義・杜預序〉，頁 165-166。

13　包偉民有更多説明，參見包偉民，〈史學研究中的「常識」──根據幾個案例的反思〉。https://mp.weixin.qq.com/s/Af4W6w65TKSv94SHUVmDyg（2022 年 2 月 23 日檢索）。

14　張蔭麟，〈評近人顧頡剛對於中國古史之討論〉，收入《張蔭麟先生文集》（台北：九思出版社，1977），頁 271-273。張蔭麟，〈評近人對於中國古史之討論〉，收入陳潤榮、李欣榮編，《張蔭麟全集》（北京：清華大學出版社，2013），卷中，頁 801-803。

15　Frances Wood, *Did Marco Polo Go to China?* (London: Routledge, 1997).

16　楊志玖，《馬可・孛羅在中國》（天津：南開大學出版社，2019）。Hans Ulrich Vogel, *Marco Polo Was in China* (Leiden: Brill, 2013), pp. 43-67.

17　錢穆，《先秦諸子繫年》，卷 3，〈附楚雖三戶亡秦必楚辨〉，頁
　　357。此條參考張元，《自學歷史——名家論述導讀》（台北：三民
　　書局，2016），〈錢穆——楚雖三戶，亡秦必楚〉，頁 130-133。

18　李伯重，〈史料與量化：量化方法在史學研究中的運用討論之一〉，
　　《清華大學學報（哲學社會科學版）》，2015 年第 4 期（2015 年 8
　　月），頁 51-63。文中《廿二史箚記》引文據王樹民校證的版本改
　　動，據王樹民校證，《廿二史箚記校證（訂補本）》（北京：中華書
　　局，2001），下冊，頁 500-501。

19　〔宋〕釋惠洪著，李保民校點，《冷齋夜話》（上海：上海古籍出版
　　社，2012），卷 3，〈活人手段〉，頁 24。

20　〔宋〕蘇軾著，孔凡禮點校，《蘇軾文集》（北京：中華書局，
　　1986），卷 16，〈司馬溫公行狀〉，頁 475-495。〔宋〕蘇軾，孔凡
　　禮點校，《蘇軾文集》，卷 17，〈司馬溫公神道碑〉，頁 511-516。
　　至於范鎮，〈司馬文正公光墓誌銘〉，王俏〈司馬光傳〉、子弟朋友
　　所寫祭文，見〔宋〕司馬光，李文澤、霞紹暉校點，《司馬光集》
　　（成都：四川大學出版社，2010），冊 3，〈附錄一·傳狀碑銘〉、〈附
　　錄二·謚議祭文〉，頁 1826-1887。

21　李裕民認為岳飛「莫須有」故事，是韓世忠後人編造，寫入〈韓世
　　忠墓誌〉。李裕民，〈新視野下的「莫須有」故事〉，《西北工業大學
　　學報（社會科學版）》，2018 年第 3 期（2018 年 9 月），頁 49-58。

22　洪業，〈半部論語治天下辨〉，收入洪業，《洪業論學集》（北京：
　　中華書局，1981），頁 405-426。

23　Pat Thomson, "Connecting Chapters/Chapter Introductions," https://
　　patthomson.net/2014/01/16/connecting-chapterschapter-introductions
　　(accessed February 23, 2022).

24　余英時，〈章實齋與童二樹——一條史料的辨證〉，收入余英時，
　　《論戴震與章學誠》（香港：龍門書店，1976），頁 243-248。

25　洪業，〈駁景教碑出土於盩厔説〉，收入洪業，《洪業論學集》，頁
　　56-63。

26　錢鍾書，《管錐篇》（香港：中華書局，1980），冊 3，〈全後漢文
　　卷八四〉，頁 1028。錢鍾書舉《隋書·儒林傳》為例證明「不」是
　　衍字。劉兆祐、江弘毅、王祥齡、熊琬、蘇淑芬編著，《國學導論》
　　（台北：五南圖書出版股份有限公司，2002），頁 94。張舜徽，《中
　　國古代史籍舉要　中國古代史籍校讀法》（武昌：華中師範大學出
　　版社，2004），頁 294-295。

27　〔南朝劉宋〕范曄，《後漢書》（北京：中華書局，1965），卷 35，〈鄭
　　玄傳〉，頁 1029。

28　〔清〕阮元著，鄧經元點校，《揅經室二集》（北京：中華書局，1993），卷 7，〈金承安重刻唐萬歲通天史承節撰後漢大司農鄭公碑〉，頁 539-541。

29　〔清〕阮元著，鄧經元點校，《揅經室二集》，卷 7，〈金承安重刻唐萬歲通天史承節撰後漢大司農鄭公碑〉，頁 540。

30　〔清〕王念孫著，徐煒君、樊波成、虞思徵等點校，《讀書雜誌》（上海：上海古籍出版社，2019），冊 3，〈墨子雜誌・非攻下〉，頁 2468。

31　鄧小南，〈校點本《宋史・余天錫傳》補校一則〉，收入鄧小南，《朗潤學史叢稿》（北京：中華書局，2010），頁 490-492。

32　〈哥倫布發現「新中國」？學者來台出書驚見「大陸全被硬改成中國」〉，《新聞雲》，2022 年 2 月 19 日。https://www.ettoday.net/news/20220219/2192428.htm（2022 年 2 月 23 日檢索）。

33　李原編著，《墨菲定律：世界上最有趣最有用的定律》，頁 42-44。

34　〈一生態經濟學論文引關注：大談導師崇高感和師娘優美感的統一〉，《澎湃新聞》，2020 年 1 月 12 日。https://www.thepaper.cn/newsDetail_forward_5500132（2022 年 2 月 23 日檢索）。

35　思果、余光中從翻譯角度談優美中文。思果，《翻譯研究》（香港：友聯出版社，1973）。思果，《翻譯新究》（台北：大地出版社，1982）。兩書探究英譯中的問題，許多篇幅談寫中文的要旨。兩書歷久不衰，在中國國內、台灣均再版，足見其價值。余光中，《翻譯乃大道，譯者獨憔悴：余光中翻譯論集》（台北：九歌出版社，2021）。

36　Gordon Pennycook et al., "On the Reception and Detection of Pseudo-profound Bullshit," *Judgment and Decision Making* 10:6 (November 2015), pp. 549-563. 同學可參看林毓生對胡適所倡「大膽的假設」的批評。林毓生，〈心平氣和論胡適〉，收入林毓生，丘慧芬編，《現代知識貴族的精神：林毓生思想近作選》（香港：中文大學出版社，2020），頁 143-160。

37　桑兵，〈如何提升史學論文的文字表現力〉，《抗日戰爭研究》，期 2（2020 年 6 月），頁 44-50。

38　王笛，〈文字表達與學術寫作〉，《抗日戰爭研究》，期 2（2020 年 6 月），頁 36-43。

39　方震華，〈戰爭與政爭的糾葛——北宋永樂城之役的紀事〉，《漢學研究》，卷 29 期 3（2011 年 9 月），頁 125-154。

40　江達智，〈全真教初期掌教考〉，《漢學研究》，卷 16 期 1（1998 年 3 月），頁 111-124。

41　王汎森，〈如果讓我重做一次研究生〉，收入王汎森，《天才為何成群而來》，頁 139。

八

書評

　　書評是大學生常見的功課。在中文學術界，書評受重視
程度不及西方學術界。所以，中文學術界專門刊載書評的期
刊，鳳毛麟角。《中國文化研究所學報》是少數重視書評的
期刊，每期有十篇左右。其他期刊偶有一兩篇，能夠湊夠
數，已算萬幸。在西方學術界，有專門出版中國研究相關書
評的學報，例如 *China Review International*。*Journal of Asian
Studies* 也是十分重視書評的學報，每期有大量書評。教人
寫書評的書或文章，也是有的，例如吳有能《書評寫作方法
與實踐》、陳弱水編〈歷史研究手冊的製作構想及其初步實
踐〉、蔣竹山〈如何寫一篇評論性的學術書評〉，同學都應
該細讀。[1]

　　甚麼是書評？美國北卡萊羅納州大學寫作中心（The
Writing Center, University of North Carolina at Chapel Hill）網
站說（分點由筆者所加）：

1. Above all, a review makes an argument. The most im-
   portant element of a review is that it is a commentary,
   not merely a summary. [千萬不要只介紹書的內容，

必須要有評論，否則只是書介。]

2. It allows you to enter into dialogue and discussion with the work's creator and with other audiences. [書評作者既與原書作者討論，同時也與書評讀者討論。顧及讀者看書評的需要。]

3. You can offer agreement or disagreement and identify where you find the work exemplary or deficient in its knowledge, judgments, or organization. [同意與不同意皆可並存，對書各方面優劣作評論。]

4. You should clearly state your opinion of the work in question, and that statement will probably resemble other types of academic writing, with a thesis statement, supporting body paragraphs, and a conclusion. [清楚表達自己的見解是很重要的。]²

張玉法〈如何評論一部史學論著〉引述、翻譯威卜（Robert K. Webb）給他學生認識史學著作的綱要，原文分成四個部分：

一、這本書是寫甚麼的？

1. 該書的特殊論題是甚麼？書的標題能否概括它？

2. 除了特殊的論題之外，作者是否也想說明與論題有關的其他一般性問題？

3. 該書有無新的發現？這可以用一句話說出嗎？作者是否曾如此說過了？你在何處看到了作者的發現？

二、這本書所用的資料為何？

1.作者是否運用了第一手資料？運用的程度如何？是否真的是第一手資料？抑或只是當時的資料或較早的資料？

2.作者是否引用其他學者的研究成果來支持他的論點？假使如此，是否減損了其著作的價值？

3.這本書與其他同類著作的關係如何？這本書是否接續前此研究的成果而繼續發揮？作者在寫書前是否告訴了讀者前此對此一論題的研究概況？該書是否反駁了以前對此一論題的有關發現？

4.作者的發現得力於生活或歷史的普遍概念者有多少？作者是否說明了他的立場？還是作者僅認為讀者會知道他的立場？作者是否知道其未經證實的假設對其結論發生了多少影響力？

三、資料與其結論間的關係如何？

1.結論是否是依據資料邏輯地推演而來？同一資料能否引出相反的結論？

2.其資料不確而有損結論的地方有多少？

3.資料是否經過選擇？選擇的標準如何？是否因為易找？易懂？還是易於證明其先入為主的觀念？

四、這本書所給人的美感如何？

1.作者的寫作技巧如何？文體是否有力而清楚？書

的各部分組織合乎邏輯嗎？書是否令人愛讀？

　　2. 作者是否運用了文學的筆法而使該書更具有吸引力？譬如說，在他下重要的結論之前，是否架構了一種戲劇性的懸疑？[3]

威卜強調論題和資料使用方面，注重書籍寫作技巧和筆法。

同學撰寫書評，首先要知道如何選書。*The Journal of American History* 列出選書的四個要求：

1.　Historical Perspective

2.　Broad Significance

3.　Originality

4.　Scholarship[4]

簡言之，評論的書籍是原創學術書籍，課題有學術貢獻。被評的書一般都在一年至兩、三年內出版，二十年前的著作不會拿來評論。同學選書要注意不要選出版了很久的書。同時，最好選論點鮮明、圍繞某一重心問題而論述的書，不要選論文集、圖錄、史料集、資料彙編、考古報告、教科書。同學最忌選論文集做書評，因為論文集一般都沒有主旨，收錄的論文出版時間橫跨一、二十年也很常見，各篇文章課題可以很廣，很難評論。

美國愛荷華大學歷史系（Department of History, University of Iowa）網站提供一篇題為 "How to Write a History Book Review" 的文章，可供參考：

1. Introduce the author, the historical period and topic of the book. Tell the reader what genre of history this work belongs to or what approach the author has used. Set out the main argument. ［說明該書最主要論點］

2. Summarize the book's organization and give a little more detail about the author's sub-arguments. Here you would also work in your assessment of the evidence and sources used. ［評論該書所用資料］

3. Strengths and weaknesses or flaws in the book are usually discussed next. It is up to you to decide in what order these should come, but if you assess the book positively overall, do not spend inordinate space on the book's faults and vice versa. ［該書的優劣之處］

4. In the conclusion, you may state your recommendations for readership unless that has been covered in your discussion of the book's strengths and weaknesses. You might review how convincing the argument was, say something about the importance or uniqueness of the argument and topic, or describe how the author adds to our understanding of a particular historical question. ［給讀者提供建議］ [5]

葛兆光在〈代結語：從學術書評到研究綜述的寫法〉提到書評寫作有很多方面的意義，筆者抽出其中五點：

　　1. 給其他在這一領域從事研究的人，提供有關豐富學術史資料，使人們了解這個領域的變化軌跡，也讓人知道這個領域的現狀如何，這才能夠凸顯自己選題的問題意識所在。

　　2. 學術界有了輿論監督和公共批評。

　　3. 中肯地評價學者的研究貢獻與限制，給予研究者應有的肯定，並指出未來發展的可行方向。

　　4. 有權威而內行的書評，一些假冒偽劣的產品，特別是隱瞞證據的論著，就會曝光。

　　5. 能夠省去讀者選擇的時間和精力，專業研究者可以按圖索驥，很快找到有用的書籍。[6]

　　葛兆光強調書評帶來的學術功能和監督作用，筆者十分贊同。下面以顏清湟一篇書評的部分內容為例，說明第一點的重要意義。

　　顏清湟評論郭美芬有關澳大利亞華人史的研究專書，共四頁多，在首兩頁這樣說：

　　　比諸東南亞和北美華人的研究，澳洲華人研究是海外華人研究中一塊較後耕耘的土地。這十多年來，有關澳洲華人研究的中英文書籍逐漸增多。英文專書如 Jan Ryan, *Ancestors: Chinese in Colonial Australia* (South Fremantle, Western Australia: Fremantle Arts Centre Press, 1995); Shirley FitzGerald, *Red Tap Gold Scissors: The Story of*

Sydney's Chinese (Sydney: State Library of New South Wales Press, 1997); Jan Ryan, *Chinese Women and the Global Village* (St. Lucia, Queensland: University of Queensland Press, 2003); John FitzGerald, *Big White Lie: Chinese Australians in White Australia* (Sydney: University of New South Wales Press, 2007) 和本書。在中文方面，有關的專書如黃昆章的《澳大利亞華僑華人史》（廣州：廣東高等教育出版社，1998）和張秋生的《澳大利亞華僑華人史》（北京：外語教學與研究出版社，1998）及楊永安的《長夜星稀：澳大利亞華人史，1860-1940》（香港：商務印書館，2014）。儘管專著的中、英文書籍增多，但作者能夠掌握大量珍貴的中、英文史料並作客觀和深入分析的專著則如鳳毛麟角。南澳州弗蘭德斯大學（Flinders University, South Australia）楊進發（C. F. Yong）於 1977 年出版他的英文專著：《新金山：1901-1921 年間的澳洲華人》［*The New Gold Mountain: The Chinese in Australia, 1901-1921* (Richmond, SA: Raphael Arts Pty. Ltd., 1977)］，是研究澳洲華人歷史的開山之作。之後，多年來澳洲華人歷史的研究沒有繼承者。一直要到 2013 年本書《形塑華裔澳洲人：城市菁英、報刊與澳洲華裔認同的形成，1892-1912》的出版才再現曙光。接著，香港大學楊永安於 2014 年出版了《長夜星稀：澳大利亞華人史，1860-1940》，使得澳洲華人歷史較完整的面貌能呈現在讀者的眼前。無疑的，郭美芬此書是這方面的一部重要著作。[7]

這種寫法正是葛兆光所說提供豐富學術史資料，可以令讀者很快找到有用的研究訊息。當然，顏清湟選擇重要而有意義的書籍來談，中英文論著俱備。接着又說：

> 本書的焦點放置在澳洲華人身份認同的形成、發展和轉變。時間的框架是十九世紀末到二十世紀初的二十年（1892-1912）。在這世紀交替的二十年內，澳洲和中國都經歷翻天覆地的變化。在澳洲，經濟的快速發展和大城市如雪梨、墨爾本的興起提供華人經商、資本累積和參與國際貿易的契機。但同時，澳洲聯邦的成立（1901）及其限制外國移民的法令，阻礙了澳洲華人社會的發展。在華人的祖籍國，顢頇無能的滿清政府在這段期間喪權辱國而激起的改革與革命運動，最終導致滿清的覆亡和中華民國的創立。以康有為和梁啟超為首的改革派，在 1898 年「百日維新」失敗後逃往海外尋求海外華僑的支持，而孫中山領導的革命黨也在海外展開活動。這兩股勢力對澳洲華人社會起了很大的影響。在這內外政治經濟的交叉影響下，澳華社會卻能獲得穩定的發展，這可歸功於雪梨和墨爾本興起的新型華人菁英、現代化的華文報章和記者，和具有現代化意識的商人和資本家的合作與努力。[8]

這一段建基於學術史脈絡，說明郭美芬此書選題的重要意義，突顯此書的問題意識。

　　另一篇書評例子是洪長泰評論巫鴻有關天安門廣場研究的專著。洪長泰介紹巫鴻的書的內容後，接着說：

　　　　全書大略可以歸納為三條主線：一是天安門廣場如何在中共建國後發展成為滿布大型政治紀念建築物的神聖之地。二是官方透過圖片、雕塑和國慶遊行，把廣場塑造成為代表中共統治全國的政治空間，從而編寫其光榮革命史及肯定其合法統治地位。三是改革開放之後，官方不能再對天安門廣場實行絕對的操控，民間藝術家利用廣場去表達一些有別於官方形式，創造出一種「前衛的空間」（space of the avant garde）（頁 10），來抗衡天安門廣場這個官方聖地。[9]

　　洪長泰歸納該書三條主線，對讀者來說，是極佳的閱讀指引。讀者記着三條主線來讀巫鴻此書，定能掌握此書大旨。洪長泰再從書名、資料來源、書寫方式和一些重要遺漏評論該書：

　　　　巫教授說他參考過一些「檔案」，但實際上他引用的檔案資料不多。官方公布的檔案文件中，就有不少有關當年天安門廣場重建的資料。例如，北京市檔案館所藏的〈北京市都市計劃委員會〉和〈北京市都市規劃委員會〉這兩個檔案，就保存不少當時參與建設新首都的人提出的不同方案。除了北京市檔案館之外，北京市

城市建設檔案館也儲存不少有關天安門廣場規劃的材料。譬如，其中一份 1950 年的檔案〈天安門廣場東西兩端道路系統設計說明書〉，就清楚說明當年北京城市規劃管理局已經提出要在天安門城樓前建這一條「遊行道」，以便「能應付將來一百萬人隊伍的大遊行」的意見。這份資料，顯然回應了毛澤東要把天安門廣場擴建為可容「百萬人集會的廣場」的構想。重建天安門廣場是一項複雜的政治決定，個中不乏爭論，不看檔案資料，便難窺全豹。……［文中有兩個注釋注明檔案藏處和編號，引用時省去。］此書最大的缺點是沒有討論蘇聯專家對於擴建天安門廣場的影響。[10]

洪長泰也研究過天安門廣場，[11] 提出蘇聯專家對於擴建天安門廣場的影響，而巫鴻書中卻沒有討論。此固然可視為對該書的評論，同時也可視為「未來發展的可行方向」的提示。同學讀有質素的書評，往往是找題目的靈感泉源。

要求同學能做到顏清湟、洪長泰的水平，固然不太可能。不管如何，翻閱該書參考書目，看看有否遺漏最重要的資料，並檢查該書格式是否合乎學術規範，這是第一步。上文提到注釋書目，同學可以試試就一本書先寫簡單的內容摘要、評論。在日後閱讀過程中，發現有關資料，可以與作者討論的時候，就補充上去。積累寫作經驗，對寫書評很有用。

同學寫書評前，要問問自己對該書課題的學術史和研究

現狀是否了解，並嘗試評估一下下列方面：

1. 該領域研究焦點是甚麼？
2. 該領域研究趨勢是甚麼？
3. 有甚麼新方法、概念？
4. 有沒有新資料？

同學也要問問自己有沒有評論該書的條件：

1. 是否有足夠學術知識？
2. 是否有足夠語言訓練？
3. 對該書使用方法是否了解？

如果同學要評論科技史的書，總要對所論科技有點了解。如果同學要評論法國傳教士在中國傳教的書，總要對法文資料有點認識。如果同學要評論利用地理資訊系統做研究的書，總要對地理資訊系統有點掌握。

作者介紹不是必需的，但是透過簡略說明作者的背景，幫助讀者理解該書，也是可以的。再以顏清湟的書評為例：

> 本書作者郭美芬出身臺灣輔仁大學，2003 年獲歷史學碩士學位。2004 年獲蔣經國基金會獎學金在墨爾本的拉秋伯大學（La Trobe University, Melbourne）攻讀博士學位，專門研究十九世紀末到二十世紀初的澳洲華人歷史。她的導師是澳洲著名的中國通費約翰（John FitzGerald）。郭美芬兼通中、英文，本書就是在她博士論文的基礎上發展而成。她廣收中、英文的珍貴史料和口述歷史資料，並以歷史學和社會學的理論架構來分析

這段錯綜複雜的歷史，成績斐然。[12]

　　此段扼要說明郭美芬學歷、師承、專攻，及其書所用資料，讀者能快速地了解該書特點。又如藍美華一篇書評的開首：

　　　　作者 Franck Billè 是畢業於劍橋大學的社會人類學家，能夠掌握蒙文、中文與俄文，透過 2006 年至 2007 年在田野場域（主要是烏蘭巴托）的參與觀察，利用訪談所得以及公眾論述、媒體、塗鴉、影像、流行歌曲等各類資料，細緻地剖析蒙古的恐中／仇中（sinophobia）現象，提出令人信服的看法。[13]

　　此段同樣扼要說明該書作者學歷，能夠掌握的語言，以及該書採用的資料和方法，令讀者快速地了解該書特點。

　　書評的內容介紹也有不同類型，陳弱水總結為三種：

　　　　1. 分章介紹法：評者對所評之書分章逐一介紹。
　　　　2. 總體概括法：即以較短篇幅介紹該書的整體要旨和各部分的重要內容。
　　　　3. 其他介紹法：有些專著因為有核心論點，或評者專意於「評」而非「介」，也就沒有詳細介紹的必要。[14]

　　其中「總體概括法」，陳弱水舉梁庚堯評郭正忠《宋代

鹽業經濟史》為例：

> 這一本七十餘萬字的著作，全書共分八章。前六章
> 分別從幾個不同的部門作橫剖式的探討，第一章、第二
> 章析論宋代食鹽的生產技術與生產關係，第三章至第五
> 章析論宋代食鹽流通過程中的收購、倉貯、運輸及銷
> 售體制，第六章細述宋代的鹽產量與政府食鹽專賣的收
> 入；最後兩章則是對兩大食鹽行銷區的鹽法變遷作縱貫
> 式的論述，第七章談的是東南六路海鹽政策，第八章談
> 的是解鹽政策。整體而言，本書將技術、社會、商業和
> 財政四個方面，融於經濟史的討論中。[15]

陳弱水指出：「這樣的簡介，其實已包含評者對該書的
整體理解和特性界定。評者將八章內容分作前六章『橫剖
式』和後二章『縱貫式』，用『析論』而非『敘述』，表明
評者認為作者的寫作達到分析論辯的層次，最後並給予一個
總體方法論的評價。」[16]當然，要做到這樣的效果，是有一定
難度的，評者本身要有一定學識和文字功夫。

如何評一本書？每本書寫法都不一樣，書評也沒有固定
寫法。然而，威卜、葛兆光提出的評論方向都是很好的，
其他方面諸如引文錯誤、錯別字、繁簡體字混用、史實錯
誤、版本問題、斷句問題、譯文問題等，都是書評的評論範
圍。書評也可以就該書給予一些意見、一些思考，或未來
可行的研究方向，統稱「延伸意見」。葛兆光認為寫書評，

其中一個做法是重新檢查史料，這是很值得鼓勵的做法。同學可以以檢查史料作為起點，從中查考有問題的地方，再慢慢深入。當然，一本書少則一百頁，每條史料去查也沒有必要，較可行方法是只檢查獨立引文或核心論證部分的史料。

書評不僅是批評，懂得欣賞別人的優點，同樣重要。熊十力指導徐復觀讀王船山《讀通鑑論》，說：「任何書的內容，都是有好的地方，也有壞的地方。你為甚麼不先看出他的好的地方，卻專門去挑壞的；這樣讀書，就是讀了百部千部，你會受到書的甚麼益處？讀書是要先看出他的好處，再批評他的壞處……」[17] 批評是說理，無需揶揄、謾罵，要秉持公正客觀態度。孫國棟憶述有一次寫了一篇與陳寅恪商榷的文章，錢穆看後，說文章寫得很好，只刪掉一個字。錢穆認為陳寅恪是前輩，不同意他的觀點，也要客氣，刪一個字是為了改正孫國棟文中輕浮的態度。[18] 筆者在微博上看到辛德勇〈劉昭注補《後漢書志》附李賢注《後漢書》並行的啟始時間〉，此文認為范曄《後漢書》是有〈敘例〉的，其中一段說：「近人錢穆在給學生講課時嘗謂范曄《後漢書》沒有《史記·太史公自序》和《漢書·敘傳》那樣自己講述撰述宗旨、體例的篇章（見錢穆《中國史學名著》之〈范曄《後漢書》和陳壽《三國志》〉一節），這是教書匠課堂上隨便信口說的話，當不得真。」[19] 儘管錢穆錯了，亦無須以教書匠形容錢穆。

書評如何達到公正客觀？同學可參考以下的建議：

1. 意見、批評要清楚具體，不要一味說人家錯誤而說不出道理或例證來。

2. 批評時要列明別人的觀點是在那一頁，重要的討論要直接引錄原文。

3. 不要搞亂作者的觀點和作者引述別人的觀點。

4. 不能以偏概全，書評是對整本書的討論，有某個論點有錯誤或缺陷，不要輕易否定全書價值。[20]

5. 不要以某種身份或立場為評論依據。[21]

6. 有一個評論的公平原則，一定要遵守，就是不能用後出的書、文章或觀點作評論。

有關第六點筆者略再說明，例如有一本書在 2016 年出版，談到某個觀點或資料，2018 年時有新的資料出現，或者有相關研究成果發表，也不能用作評論依據。最多在總結時，提醒讀者有甚麼新研究已發表。例如陳勇、秦中亮〈錢穆與《先秦諸子繫年》〉謂錢穆此書不足之處，其中一項是對新出土材料的忽視，並謂《先秦諸子繫年》考證的某些結論容易被地下出土材料所否定，例如〈孫武辨〉、〈田忌鄒忌孫臏考〉中否定孫武實有其人，《孫子兵法》作者實為戰國時孫臏，就被山東臨沂銀雀山一號西漢墓出土的新材料所否定。[22] 錢穆《先秦諸子繫年》最早於 1935 年由商務印書館出版，1956 年由香港大學出版社推出增訂本，及後國內、台灣的出版社據香港大學出版社的版本重印。試問錢穆寫此書時如何能參考 1972 年出土的銀雀山漢墓竹簡《孫子兵

法》？所謂忽視，不知從何而來？

　　榮新江在《學術訓練與學術規範》中亦提示寫書評時需注意的地方，不要混淆書的作者和書評的作者：

> 作者：指所評書的作者。也可以直呼其名。
>
> 筆者：指書評撰者，也可以說「我」、「本人」。
>
> 本書：指被評書。[23]

　　同學寫書評時，如涉及被評書之外的其他書，需提供作者、書名，並在注釋中列明出版訊息。最後，有一個學習方法，能夠提升同學寫書評的水平。許多英文書同時有中英文書評，同學可以取評同一本書的中英文書評來讀，看看兩者的差別；又或同一部英文書，取不同期刊上不同學者的書評，看看各家評論的差別。兩相比較有助掌握寫書評的方法。

注釋

1　吳有能,《書評寫作方法與實踐》（台北：秀威資訊科技出版,
　　2009）。陳弱水,〈歷史研究手冊的製作構想及其初步實踐〉,《早
　　期中國史研究》, 卷 2 期 2（2010 年 10 月）, 頁 293-298。蔣竹
　　山,〈如何寫一篇評論性的學術書評〉。https://www.iread.com.tw/
　　marketing_page/THRcolumn/002.html（2022 年 2 月 23 日檢索）。

2　The Writing Center, University of North Carolina at Chapel Hill, "Book
　　Reviews," https://writingcenter.unc.edu/tips-and-tools/book-reviews
　　(accessed February 24, 2022).

3　張玉法,〈如何評論一部史學論著〉, 收入張玉法主編,《歷史學的
　　新領域》（台北：聯經出版事業公司, 1978）, 頁 151-153。

4　The Journal of American History, "Guidelines for Authors: Book
　　Reviews," https://academic.oup.com/jah/pages/Manuscript_
　　Preparation#Book%20Reviews (accessed February 24, 2022).

5　Department of History, University of Iowa, "How to Write a History Book
　　Review," https://history.uiowa.edu/resources/history-writing-center/
　　writing-guides/book-review (accessed February 24, 2022).

6　葛兆光,〈代結語：從學術書評到研究綜述的寫法〉, 收入葛兆光,
　　《思想史研究課堂講錄續編》（北京：生活·讀書·新知三聯書店,
　　2012）, 頁 181-201。筆者在不影響原文意思下, 略改動原文, 並
　　添加序號。

7　顏清湟,〈書評：Mei-fen Kuo, *Making Chinese Australia: Urban Elites,*
　　Newspapers and the Formation of Chinese-Australian Identity, 1892-
　　1912〉,《中央研究院近代史研究所集刊》, 期 91（2016 年 3 月）,
　　頁 153-157。

8　顏清湟,〈書評：Mei-fen Kuo, *Making Chinese Australia: Urban Elites,*
　　Newspapers and the Formation of Chinese-Australian Identity, 1892-
　　1912〉, 頁 153-157。

9　洪長泰,〈書評：Wu Hung, *Remaking Beijing: Tiananmen Square and*
　　the Creation of a Political Space〉,《中央研究院近代史研究所集刊》,
　　期 54（2006 年 12 月）, 頁 211-221。

10　洪長泰,〈書評：Wu Hung, *Remaking Beijing: Tiananmen Square and*
　　the Creation of a Political Space〉, 頁 211-221。

11　洪長泰,《新文化史與中國政治》（台北：一方出版有限公司,
　　2003）, 第 9 章。洪長泰,〈空間與政治：擴建天安門廣場〉, 收
　　入陳永發主編,《兩岸分途：冷戰初期的政經發展》（台北：中央
　　研究院近代史研究所, 2006）, 頁 207-259。Chang-tai Hung, *Mao's*
　　New World: Political Culture in the Early People's Republic (Ithaca: Cornell

University Press, 2011). 中譯本，洪長泰著，麥惠嫻譯，《毛澤東的新世界：中華人民共和國初期的政治文化》（香港：中文大學出版社，2019）。

12　顏清湟，〈書評：Mei-fen Kuo, *Making Chinese Australia: Urban Elites, Newspapers and the Formation of Chinese-Australian Identity, 1892-1912*〉，頁 153-157。

13　藍美華，〈書評：Franck Billè, *Sinophobia: Anxiety, Violence, and the Making of Mongolian Identity*〉，《漢學研究》，卷 34 期 3（2016 年 9 月），頁 357-363。

14　陳弱水，〈歷史研究手冊的製作構想及其初步實踐：如何撰寫書評〉，頁 293-298。

15　陳弱水，〈歷史研究手冊的製作構想及其初步實踐：如何撰寫書評〉，頁 296。

16　陳弱水，〈歷史研究手冊的製作構想及其初步實踐：如何撰寫書評〉，頁 296。

17　徐復觀，〈我的讀書生活〉，收入徐復觀，《徐復觀文錄選粹》（台北：學生書局，2013），頁 315。

18　孫國棟，〈師門雜憶：憶錢先生〉，收入張學明等編，《誠明古道照顏色：新亞書院五十五週年紀念文集》（香港：香港中文大學新亞書院，2006），頁 70-77。

19　辛德勇，〈劉昭注補《後漢書志》附李賢注《後漢書》並行的啟始時間〉，https://mp.weixin.qq.com/s/MHuMWlg80q01k8LeCrHYJQ（2022 年 12 月 19 日檢索）。《重編國語辭典修訂本》「教書匠」條說：「用以譏諷見識不廣、不知活用教學方法的教師。」台灣教育部，《重編國語辭典修訂本》，https://dict.revised.moe.edu.tw/search.jsp?md=1（2022 年 2 月 24 日檢索）。《現代漢語詞典（第 7 版）》「教書匠」條說：「指教師（含輕蔑意）。」中國社會科學院語言研究所詞典編輯室，《現代漢語詞典（第 7 版）》（北京：商務印書館，2016），頁 652。

20　錢大昕〈答王西莊（王鳴盛）書〉：「愚以為學問乃千秋事，訂譌規過，非以訾毀前人，實以嘉惠後學。但議論須平允，詞氣須謙和，一事之失，無妨全體之善，不可效宋儒云：『一有差失，則餘無足觀』耳。」〔清〕錢大昕，〈答王西莊書〉，收入錢大昕著，呂友仁校點，《潛研堂集》（上海：上海古籍出版社，1989），卷 35，〈書三〉，頁 635-636。

21　簡明海評論黎漢基《殷海光思想研究》，謂黎漢基成長於香港，沒有經歷台灣知識分子身處白色恐怖下的行為，實難有切身經驗的感

受。簡明海以黎漢基成長於香港而作為不能理解殷海光及其時代，正正以某種身份為評論依據。黎漢基反駁說，具備與研究對象相同的生活經歷，不一定保證研究成果的品質。簡明海，〈傳統與反傳統的斷裂 —— 評黎漢基《殷海光思想研究：由五四到戰後台灣，1919-1969》〉，《近代中國史研究通訊》，期 34（2002 年 9 月），頁 95-106。黎漢基，〈關於殷海光思想的詮釋問題 —— 敬答簡明海先生〉，《近代中國史研究通訊》，期 34（2002 年 9 月），頁 107-118。

22　陳勇、秦中亮，〈錢穆與《先秦諸子繫年》〉，《史學史研究》，期 1（2014 年 3 月），頁 54-64。

23　榮新江，《學術訓練與學術規範：中國古代史研究入門》，頁 223。

九

研究回顧

　　研究回顧又可稱文獻回顧（literature review），是當今
學術論文中不可或缺的部分。美國南加州大學圖書館（University of Southern California Libraries）綜合各家，提出：

　　A literature review surveys prior research published in
　　books, scholarly articles, and any other sources relevant to a
　　particular issue, area of research, or theory, and by so doing,
　　provides a description, summary, and critical evaluation of these
　　works in relation to the research problem being investigated.
　　Literature reviews are designed to provide an overview of
　　sources you have used in researching a particular topic and
　　to demonstrate to your readers how your research fits within
　　existing scholarship about the topic. [1]

　　研究回顧建立在前人學者的論著之上，針對某一論題
相關論著，包括書、文章、資料，做概括說明、綜合和評
析。撰寫研究回顧，除了綜合前人學者的研究成果，還需注

意下列地方：

1. Give a new interpretation of old material or combine new with old interpretations.〔對研究資料的解說〕

2. Trace the intellectual progression of the field, including major debates.〔追溯重要研究成果及相繼研究〕

3. Depending on the situation, evaluate the sources and advise the reader on the most pertinent or relevant research, or〔評析研究資料來源，以及指引最相關研究成果。〕

4. Usually in the conclusion of a literature review, identify where gaps exist in how a problem has been researched to date.〔此點最為同學忽略。研究回顧要指出目前這個課題尚待補充的空白地方。〕[2]

綜合學者說法，研究回顧的目的是：

1. Place each work in the context of its contribution to understanding the research problem being studied.〔注重學術史脈絡〕

2. Describe the relationship of each work to the others under consideration.〔描述研究成果之間的關係〕

3. Identify new ways to interpret prior research.〔以新的角度闡釋過去的研究〕

4. Reveal any gaps that exist in the literature.〔透過研究回顧，知道有那些方面仍待研究。〕

5. Resolve conflicts amongst seemingly contradictory

previous studies.［處理各種說法的矛盾之處］

6. Identify areas of prior scholarship to prevent duplication of effort.［避免重複別人已有成果］

7. Point the way in fulfilling a need for additional research.［指出為何要繼續探索這個課題］

8. Locate your own research within the context of existing literature.［將自己要做的研究置於整個學術脈絡，即是與已有研究成果之間有何種關係。］[3]

透過研究回顧，達致以下目的：（一）總結已有研究成果，指出它們的缺失、遺漏、不周之處。（二）了解已有研究成果的優劣點，從而糾正它們的缺失。（三）找到自己研究的突破點，諸如尚未有人做過的方向。（四）確立自己研究與已有研究成果的關係，帶出研究亮點，諸如從另一角度再證成前說，推翻前說，補充前人空白，改進研究方法，利用新資料。

寫研究回顧，沒有既定的套路，由遠至近（指發表時間），由書到論文，由重要研究到次要研究，都是可以的。對同學來說，最困難的地方是：（一）如何判斷這項研究是否需要納入研究回顧之中。（二）如何說明自己的研究與已有研究成果的關係。（三）如何說明自己的研究是站在已有研究成果之上。這要靠同學積累學問，培養自己對文獻的掌握能力。

試看一例，張瑞龍《天理教事件與清中葉的政治、學術與社會》書中研究回顧包括幾方面，其中一方面是「關於天

理教事件的研究回顧」，有兩個研究傳統：一是農民起義和農民戰爭研究範式，一是民間宗教信仰和秘密結社視角研究。在交代已有研究成果後，接着說：

> 　　這兩種研究傳統有一共同特點，就是注重從被壓迫者或宗教信仰者的角度探討，這對研究天理教及起義本身無疑具有重要意義。但如果將視角轉向鎮壓起義者一方 —— 清朝官員和不屬於雙方面而處在觀察者角度的士人，就會發現這兩種研究傳統對此都有不同程度的忽略。[4]

在短短數行間，張瑞龍總結兩個研究傳統的研究角度，然後帶出自己研究與已有研究成果不同之處，將研究目光轉向清朝官員和士人身上 —— 他們如何看這件事情？從而將讀者由已有研究成果引領到自己的研究方向。

文獻回顧的目的，除了將現有文獻及其研究成果加以整理，還要確立自己研究的問題（疑點或假說），導引出研究的需要。寫研究回顧，最重要是已有研究成果對自己的文章有甚麼用？已有研究與自己的研究有甚麼關係？切記不要寫完一堆回顧，只是流水帳。寫研究回顧論文，需要大量閱讀，以及對學術史脈絡有所了解。

學者還會將研究回顧寫成一部書或一篇文章，專門回顧某個課題。同學讀這類書和論文，好處很多。正如彭明輝所說：「利用回顧型論文了解一個研究主題的梗概，包括問題

背景與學術研究的起源，主要的發展歷程、研究子題的相互
關聯、各種觀點、立場與流派，重要的代表性著作與研究成
果，各家各派的主要爭議與共識，以及最新的研究課題和發
展趨勢。」[5]

　　就某個學術議題爭論的研究回顧論文，例如徐泓〈「新
清史」論爭：從何炳棣、羅友枝論戰說起〉，從何炳棣和羅
友枝（Evelyn Rawski）兩人對清廷漢化問題，以及清代在中
國史上的重要性的爭論而展開。如果同學想掌握新清史論
爭，此文不能錯過。就某個學術議題在一百年間的研究概
況，例如徐泓《二十世紀中國的明史研究》、[6]朱鴻林〈二十
世紀的明清鄉約研究〉、[7]杜曉勤《20世紀隋唐五代文學研究
述論》。[8]有些期刊有研究回顧欄目，例如《新史學》、《漢學
研究通訊》、《中國史研究動態》，同學都應該留意。

　　南加州大學圖書館列出寫研究回顧可以有以下步驟：

1. Problem formulation -- which topic or field is being
   examined and what are its component issues?

2. Literature search -- finding materials relevant to the
   subject being explored.

3. Data evaluation -- determining which literature makes
   a significant contribution to the understanding of the
   topic.

4. Analysis and interpretation -- discussing the findings
   and conclusions of pertinent literature.[9]

具體寫法則是：

1. An overview of the subject, issue, or theory under consideration, along with the objectives of the literature review.

2. Division of works under review into themes or categories. [e.g. works that support a particular position, those against, and those offering alternative approaches entirely]

3. An explanation of how each work is similar to and how it varies from the others.

4. The chronological progression of the field, the research literature, or an idea that is necessary to understand the literature review, if the body of the literature review is not already a chronology.

5. Criteria you used to select (and perhaps exclude) sources in your literature review. For instance, you might explain that your review includes only peer-reviewed [i.e., scholarly] sources.

6. What questions about the field has the review sparked? How will you further your research as a result of the review?

7. Conclusions as to which pieces are best considered in their argument, are most convincing of their opinions, and make the greatest contribution to the understanding and development of their area of research.[10]

以上七點是研究回顧的大致寫法。同學學習寫研究回

顧，還要注意下列事項：

1. 後來研究者必建基於前人研究，最好按出版時間先後來寫，不要搞亂次序。

2. 一篇文章很多時先在期刊發表，然後收入論文集，甚至再出書，出書之後再有修訂版。如果某觀點在前後發表時有差異，則要注意自己引用那一時期的觀點，也可以說明作者想法的轉變。例如鄧廣銘前後四次修改他所寫的王安石傳記，對王安石的看法前後也有不同。[11]

3. 學術界重視發明優先權問題，不能因作者後來出書，而忽略先在期刊上發表的時間。

4. 有需要時，出版時間也要標示月份。

5. 不論繁簡體字出版物，均以出版先後為準。

6. 同學做研究回顧時，要謹慎一點，不要回顧抄襲的論著。

南加州大學圖書館指南還提到要避免的事情：

1. Sources in your literature review do not clearly relate to the research problem.

2. You do not take sufficient time to define and identify the most relevant sources to use in the literature review related to the research problem.

3. Relies exclusively on secondary analytical sources rather than including relevant primary research studies or data.

4. Uncritically accepts another researcher's findings

and interpretations as valid, rather than examining critically all aspects of the research design and analysis.

5. Does not describe the search procedures that were used in identifying the literature to review.

6. Reports isolated statistical results rather than synthesizing them.

7. Only includes research that validates assumptions and does not consider contrary findings and alternative interpretations found in the literature.[12]

　　與書評一樣，研究回顧文章也可以建議未來可行研究方向。陳學霖〈八十年來西夏史研究評議〉評論中外學者的西夏史研究，最後舉出四點未來研究方向：國家的性質與制度、社會與經濟的特徵、對外關係發展、文化與宗教的特徵。[13]

　　榮新江〈陸路還是海路？──佛教傳入漢代中國的途徑與流行區域〉是一篇值得同學細讀的研究回顧文章。漢代以來佛教傳入中國，是中國史一大課題。此文追溯民國以來學者主張佛教傳入中國的陸路說和海路說研究，結合新出考古資料，有條不紊述說整個學術史脈絡：

1. 緣起與爭端，包括重要學者（梁啟超、伯希和 [Paul Pelliot]、湯用彤）的說法。

2. 新資料出現後有關研究的討論。

3. 歸納學術界取得四方面的進步。

4. 引入許理和（Erik Zürcher）的說法，為下一章討論鋪墊。

5.　海路說理據，並提出對海路說反駁和此說論證
　　缺陷。

6.　新資料出現，如何有利陸路說。

7.　總結。[14]

當中起承轉合，很吸引讀者閱讀。文章資料豐富，歸納
學術界各家說法，不只是列舉有關研究而已。

論文予人的第一印象是很重要的。格里・慕林斯（Gerry
Mullins）做過一個調查，了解澳洲大學博士論文考試委員
閱讀博士論文的經驗。提到對論文的第一印象，有學者回
答說：

A good indicator is the way the candidate reviews the
literature and their overall grasp of what's going on. If it looks as
if the student grasps the problem then this examiner reads the
rest with much more of a sympathetic view and he feels he can
relax. If chapter 2 is not good, then he reads the rest much more
critically.[15]

這表明研究回顧一節十分重要，會影響讀者以甚麼心
態去讀文章。筆者相信老師閱讀同學的論文，看畢參考書
目、注釋、研究回顧，對論文好壞，自然心中有數。

注釋

1　University of Southern California Libraries, "Research Guides: 5. the Literature Review," https://libguides.usc.edu/writingguide/literaturereview (accessed February 24, 2022).

2　University of Southern California Libraries, "Research Guides: 5. the Literature Review."

3　University of Southern California Libraries, "Research Guides: 5. the Literature Review."

4　張瑞龍，《天理教事件與清中葉的政治、學術與社會》（北京：中華書局，2014），頁 3-5。

5　彭明輝，《研究生完全求生手冊：方法、秘訣、潛規則》，頁 118。

6　徐泓，《二十世紀中國的明史研究》（台北：國立臺灣大學出版中心，2011）。

7　朱鴻林，〈二十世紀的明清鄉約研究〉，收入朱鴻林，《孔廟從祀與鄉約》（北京：生活・讀書・新知三聯書店，2015），頁 242-269。

8　杜曉勤，《20 世紀隋唐五代文學研究述論》（北京：北京人學出版社，2021）。

9　University of Southern California Libraries, "Research Guides: 5. the Literature Review."

10　University of Southern California Libraries, "Research Guides: 5. the Literature Review." 本部分抽取網站中重要部分作介紹，不是照錄整個網站內容。

11　漆俠，〈前言〉，收入鄧廣銘，《北宋政治改革家王安石》（石家莊：河北教育出版社，2000），頁 4。

12　University of Southern California Libraries, "Research Guides: 5. the Literature Review."

13　陳學霖，〈八十年來西夏史研究評議〉，收入陳學霖，《宋史論集》，頁 478-482。

14　榮新江，〈陸路還是海路？——佛教傳入漢代中國的途徑與流行區域〉，收入榮新江，《中國中古史研究十論》（上海：復旦大學出版社，2005），頁 15-43。

15　Gerry Mullins and Margaret Kiley, "It's a PhD, not a Nobel Prize: How Experienced Examiners Assess Research Theses," *Studies in Higher Education* 27:4 (October 2002), pp. 369-386.

十

參考書目與注釋

A. 參考書目

　　牛津大學出版社網站列出參考書目的十個用處，其中四點對同學尤為重要：

1.　Make research more efficient.
2.　Separate reliable, peer-reviewed sources from the unreliable or out-of-date.
3.　Establish classic, foundational works in a field.
4.　Provide a guide for independent study.[1]

　　同學常常以為參考書目和注釋是文章中最沒用的部分，從不仔細閱讀。其實，透過高質素論文的參考書目，同學不單可以加深對資料和書籍的認識，還能知道有甚麼可靠資料，有甚麼版本可用，也能知道從那裏找到有用的資料。譬如，有些書收入《續修四庫全書》、《四庫存目叢書》、《近代中國史料叢刊》、《石刻史料新編》，懂得找，自然事半功倍。這類知識沒有人能教你，要多讀參考書目才會知道。讀參考書目，對同學來說枯燥無味，但是多讀則能記住一手和

二手文獻的訊息，積累對文獻的認識。

網上有一篇文章 "The Bibliography-Formal Requirement or Essential Ingredient"，解釋參考書目有四點重要功能：

1. By providing full details of every source you used, you enable your readers to find those books and read them, if they so choose.

2. A thorough bibliography shows that you have used appropriate sources for your research.

3. Your bibliography can help you make sure that you have used the best versions of all of your sources—whether they are primary or secondary, books or journal articles. A reader looking at your bibliography can see that you used the latest or most authoritative version of a given work.

4. Your bibliography can help you demonstrate to your reader—whether they are scholars, students, or lay readers—that you are aware of all of the relevant literature, and that you are up to date with the latest trends in your field.[2]

同學拿起一篇文章，最先讀的應該是參考書目：作者有沒有用對資料？有沒有用新近研究成果？如果檢查過後，發現文章傳統文獻全用四庫本，又或引用的研究全是數十年前，論文水平有多高，同學自然心中有數。

參考書目和注釋寫法不一樣，學術界使用的格式也很

多，中港台都有各自的規範。同學可按照大學、學系或老師的規定來寫。英文參考書目和注釋類型很多，人文學科最常見有 Chicago、Harvard、APA（American Psychological Association）、MLA（Modern Language Association）四種格式。每種格式都有相似，但又有不一樣的地方。以下所列的網站對四種格式有簡單說明，同學寫論文時可照辦煮碗：

1. Chicago:[3]

   https://www.chicagomanualofstyle.org/tools_citationguide.html

2. MLA:[4]

   https://libguides.umgc.edu/c.php?g=1018622&p=7378032

3. Harvard:[5]

   https://www.mendeley.com/guides/harvard-citation-guide/

4. APA:[6]

   https://jlis.glis.ntnu.edu.tw/doc/JLIS_APA_style_format.pdf

同學學習英文格式時，最容易忽略幾件事情：

1. 沒注意引號內英文大小楷。

2. 逗號、句號要放在 " " 內，少數放在引號外。例如 Fogel, Joshua A. "'Shanghai-Japan': The Japanese Residents' Association of Shanghai." *Journal of Asian*

Studies 59. 4 (Nov. 2000): 927-50.

3.　書名、期刊名要用斜體。

4.　表達頁碼用 p. 和 pp.。很多同學分不清兩種寫法的分別。p. 是單一頁，例如 p. 30；pp. 是多於一頁，例如 pp. 15-25。

同學寫中文論文時，用到英文資料，注釋和參考書目的寫法又不一樣，容易亂作一團。《新亞學報》提供撰稿格式「《新亞學報》頁注（腳注［footnotes］）及徵引書目英文部分表示法」，將參考書目、注釋的不同寫法清晰地列明，同學仔細研究一下，一定非常受用。[7]

至於中文參考書目和注釋，港台採用繁體字格式，國內採用簡體字格式，兩套格式有明顯區別。

簡體字格式，目前普遍採用〈綜合性期刊文獻引证技术规范〉（特以簡體字標示），在網路上很容易找到和下載。[8]

繁體字格式也有很多，例如：《中國文化研究所學報》、[9]《漢學研究》、[10]《中央研究院歷史語言研究所集刊》、[11]《新亞學報》。[12]

各種格式有其規範，要求文獻訊息的寫法也不一樣，但大同小異，同學通曉其中一兩套格式即可。不管如何，同一篇論文，只能用一種格式。同學經常犯的錯誤就是愛用那一種格式就用那一種，沒有統一，格式混亂。

繁簡體字格式有明顯區別，表列如下：

	繁體格式	簡體格式
引號	「　」	"　"
標點	全形，例如逗號是，	半形，例如逗號是,
頁碼標示	頁 123	第 123 頁
古籍寫法	標示作者名及其朝代，例如《資治通鑑》寫作〔宋〕司馬光，《資治通鑑》/宋・司馬光/司馬光。 繁體字格式在標示數本書籍時，中間加上頓號，簡體字則不加；例如《資治通鑑》、《全唐文》、《冊府元龜》、《明實錄》、《四庫全書總目提要》、《陶淵明集》	常用基本典籍，官修大型典籍以及書名中含有作者姓名的文集可不標注作者，如《論語》、二十四史、《資治通鑒》《全唐文》《冊府元龜》《明实錄》《四庫全書总目提要》《陶淵明集》等（特以簡體字標示）
論文名及篇名	用〈　〉，例如〈東莞城隍〉	用《》，例如屈大均：《广东新語》卷九《东莞城隍》 《》之內變成〈　〉，例如《〈明史・佛郎机传〉箋正》（特以簡體字標示）

　　但是，同學往往沒有分辨參考書目和注釋寫法的分別，搞得很亂，有時又嫌麻煩，總之把訊息填滿了事。標點符號究竟是全形抑或半形，也從不理會。據筆者經驗，不僅低年級同學，即使研究生，對參考書目寫法的一般原則，也是一知半解。台灣大學政治學系〈論文寫作參考格式〉對參考文獻有九點說明，正好讓同學糾正常犯錯誤：

1. 參考文獻須另起一頁，置於論文本文之後。

2. 列出引用之中英文期刊論文及書目，須包含作者姓氏、出版年次、書目、技術資料或期刊名稱、版序、頁碼等內容。

3. 不需標明序號，但中文資料與西文資料應分開編排。所有中文參考資料直接按姓氏筆劃依序排列，所有西文參考資料直接按作者姓氏（last name）字母順序依序排列。書目不再依書籍、期刊、論文、政府公報、報紙⋯⋯等予以分類。

4. 若同一作者有多項參考文獻時，請依年代先後順序排列。若同一作者同一年代有多項參考文獻時，請依序在年代後面加 a、b、c⋯⋯等符號。

5. 中文書目依作者姓氏筆劃數目依序排列，若姓氏相同，則依名的第一字筆劃數目依序排列之。

6. 西文作者姓名採 Last Name, First Name (initial). Middle Name (initial). 之順序，作者有兩位以上時，第二位以下採 First Name (Middle Name) Last Name 之順序。例：Jakobson, R., and L. R. Waugh, 1979. *The Sound Shape of Language*, Bloomington, IN: Indiana University Press.

7. 字體採新細明體 12 號字，1.5 倍行高。

8. 每一筆參考文獻之第一行均從列首寫起，第二行開始內縮 2 字（4 bytes），以示區隔。

9. 參考資料之出版地若為美國之大城市，則僅需列出城市名稱即可，但若為小城市，則除須列出城市名稱

外，另需列出州名縮寫，例如：MA, CA, NY, CT 等。美國之外之出版地，若為小城市，除須標示城市名稱之外，另須列出國名。[13]

不論同學用哪一種參考書目格式寫論文，這九點之中，除第七點之外，都是共通的。同學要特別留意以下情形：

1. 關於第一點，國內簡體字規範是要加序號、文獻類型標誌，[14] 港台繁體字格式、英文格式是不加序號、文獻類型標誌。

2. 關於第五點，用 Word「排列文字順序」功能，不用逐筆逐劃去數。

3. 關於第八點，同學十居其九都不知道，交來的功課種種款式都有，每學期都令人大開眼界。

4. 外國學者的名字前會以括號加上國籍，例如（英）李約瑟。參考書目排序時，按「李」筆劃去排，而不要受前面（英）擾亂排序。

5. 作者英文名字，在參考書目以姓在前，注釋則以名在前。

6. 沒有在注釋中出現過的文獻，不宜列入參考書目。

7. 這個世界不是只有一個地方叫 Cambridge。如是美國哈佛大學出版社，寫作 Cambridge, MA: Harvard University Press 或 Cambridge, Mass.: Harvard University Press；如是英國劍橋大學出版社，寫作 Cambridge: Cambridge University Press。還有一點，英國的

　　Cambridge 譯作劍橋，美國麻薩諸塞州的 Cambridge
　　會譯作坎布里奇。同學看到後者不要以為別人譯錯。

8. 繁體字格式，有些會要求將「傳統文獻」和「近
　　人論著」分開。同學往往不知甚麼書才列入「傳
　　統文獻」。

B. 注釋 [15]

謝寶煖指出注釋有四項作用：

1. 對於正文中所陳述之事實、論點，或所引述之文
　　句，說明所根據資料來源之權威性；

2. 作為交互參照（Cross-reference），指引讀者參照
　　論文中其他有關部分；

3. 當作者認為應該對正文中所提到的資料或所討論
　　的議題，做進一步的附帶說明、評論或衍伸，而
　　又怕在正文中提及會影響行文順暢，或是打斷讀
　　者的思路時，就可以利用注釋來加以闡釋；

4. 作者對在其研究過程中，曾給予支援、協助或啟
　　發之個人或團體，表示感謝之意。[16]

注釋類型則可分為兩種：

1. 說明資料出處的資料注（Reference notes），用以
　　彰顯前述注釋之第一、二項功用。

2. 解釋內容的內容注（Content notes），用以滿足前
　　述注釋之第三、四項功用。[17]

如果同學有興趣，可以看看柳立言〈五代治亂皆武人 ── 基於宋代文人對「武人」的批評和讚美〉，[18] 此文充分發揮注釋的功能。

C. 參考文獻生成器

同學初學英文格式，可以透過參考文獻生成器，檢查自己所寫格式是否正確。參考文獻生成器簡單易用，輸入有關資料，選取所需格式，就會自動輸出書目、注釋格式。參考文獻生成器種類很多，有些需要付費，亦有不少免費。

下面有幾個免費使用的參考文獻生成器網站：

> https://www.citationmachine.net/chicago
>
> https://www.scribbr.com/apa-citation-generator/
>
> https://www.citethisforme.com/citation-generator
>
> https://wordvice.com.tw/citation-generator/

Chrome 有一項插件 MyBib Citation Generator，非常好用，極為方便。與此同時，同學還可以透過三種類型網站使用參考文獻生成器：

1. 利用「Google Scholar」找到相關文獻後，在文獻下方有「引用」，按下會出現 MLA、APA、ISO690 格式。

2. 在香港各家大學圖書館網站，找到相關的書籍後，可以見到一個「Citation」鍵，按下去會出現 APA、Chicago、Harvard、IEEE、MLA 的格式。但是，當中有一個「伏位」（港式用語，指陷阱），一定要留意。如果你找的書，作者名字是用威妥瑪拼法，按出來之後有可能變成普通話拼音（例如下圖 Hsu Cho-yun 變成 Xu Zhouyun），一不留神，以為圖書館網站資料就能放心照用，那就大錯特錯。

3. 期刊網站，例如在「ProjectMuse」找到一篇文章，
    該網站提供 MLA、APA、Chicago、Endnote 格式
    寫法。

又如在「知網」，找到文章後，勾選所需文章，按
「導出與分析」，接着再按「導出文獻」，同樣可
以匯出各種格式。

D. 文獻管理軟件

　　同學可自行查找所屬大學有沒有提供文獻（書目）管理軟件，例如 Endnote、RefWorks。其實，文獻管理軟件種類很多，不少是免費軟件，例如 Zotero、Mendeley、JabRef，都很好用。[19] Mendeley 功能強大，亦可與 Word、ScienceDirect、Google Scholar 配合使用。上述軟件是針對英文文獻而

設計，中文方面則有 NoteExpress。同學學懂使用它們，在
四年大學生活中，會省下很多時間。YouTube 上亦可以找到
很多人教授如何使用這些文獻（書目）管理軟件的視頻。

注釋

1　Alice Northover, "Ten Ways to Use a Bibliography," https://blog.oup. com/2013/08/ten-ways-to-use-a-bibliography (accessed February 24, 2022).

2　Avi Staiman, "The Bibliography-Formal Requirement or Essential Ingredient," https://www.researchgate.net/publication/323279708_ The_Bibliography_-_Formal_Requirement_or_Essential_Ingredient (accessed February 24, 2022).

3　The University of Chicago, "The Chicago Manual of Style Online: Chicago-Style Citation Quick Guide," https://www.chicagomanualofstyle.org/ tools_citationguide.html (accessed February 24, 2022).

4　University of Maryland Library, "MLA Citation Example," https://libguides. umgc.edu/c.php?g=1018622&p=7378032 (accessed February 24, 2022).

5　Mendeley, "Harvard Format Citation Guide," https://www.mendeley. com/guides/harvard-citation-guide/ (accessed February 24, 2022).

6　〈APA 格式（APA Style Format）參考範例〉。https://jlis.glis.ntnu.edu. tw/doc/JLIS_APA_style_format.pdf（2022 年 2 月 23 日檢索）。

7　新亞研究所,〈《新亞學報》撰稿格式〉。https://newasia.org.hk/ content/uploads/2020/09/stylesheet2020.09.09.pdf（2022 年 2 月 24 日檢索）。

8　〈綜合性期刊文献引证技术规范〉。https://xbzs.ecnu.edu.cn/ fileup/1000-5579/ITEM/20141121150442.pdf（2022 年 2 月 23 日 檢索）。

9　香港中文大學中國文化研究所,〈《中國文化研究所學報》撰稿格 式〉。https://www.cuhk.edu.hk/ics/journal/style_210317.pdf（2022 年 2 月 23 日檢索）。

10　漢學研究中心,〈《漢學研究》稿約、寫作格式〉。https://ccs.ncl. edu.tw/publish1.aspx（2022 年 2 月 24 日檢索）。

11　中央研究院歷史語言研究所,〈《中央研究院歷史語言研究所集刊》 撰稿須知〉。https://www2.ihp.sinica.edu.tw/file/4597ZrFvKHs.pdf （2022 年 2 月 24 日檢索）。

12　新亞研究所,〈《新亞學報》撰稿格式〉。https://newasia.org.hk/ content/uploads/2020/09/stylesheet2020.09.09.pdf（2020 年 2 月 24 日檢索）

13　國立台灣大學政治學系,〈論文寫作參考格式〉。http://ntupoli. s3.amazonaws.com/wp-content/uploads/2010/02/%E8%AB%96%E6%96 %87%E6%A0%BC%E5%BC%8F982.pdf（2022 年 2 月 24 日檢索）。原 文序號有錯,筆者引用時自行糾正錯誤。

14　田澍，《史學論文寫作教程》，頁 193-197。「文獻類型標誌」是簡
　　體字參考書目獨有格式規範，以英文字母 M 代表普通圖書、J 代表
　　期刊文章、D 代表學位論文，表達形式為［M］、［J］、［D］，置於
　　書名、篇名後，參見田澍，《史學論文寫作教程》，頁 191。更詳盡
　　規則，參考中華人民共和國國家質量監督檢驗檢疫總局、中國國家
　　標準化管理委員會，《信息與文獻　參考文獻著錄規則 GB/T7714-
　　2015》（北京：中國標準出版社，2015），頁 21。

15　注釋有腳注、尾注之分。腳注又稱頁下注，置於同一頁的下面。尾
　　注置於同一章節或全書之後。同學須因應學科的要求使用腳注或尾
　　注，不論如何，腳注、尾注兩者不能混用。

16　謝寶煖，〈學術論文之註釋與參考書目〉，《國立中央圖書館台灣分
　　館館刊》，卷 6 期 3（2000 年 3 月），頁 15-38。

17　謝寶煖，〈學術論文之註釋與參考書目〉，頁 15-38。引用原文時，
　　略有改動。

18　柳立言，〈五代治亂皆武人 —— 基於宋代文人對「武人」的批評和
　　讚美〉，《中央研究院歷史語言研究所集刊》，本 89 分 2（2018 年
　　6 月），頁 339-402。

19　參考國立台灣大學圖書館參考服務部落格，http://tul.blog.ntu.edu.
　　tw/archives/23581（2022 年 3 月 27 日檢索）。

十一

筆記與閱讀

A. 札記

　　札記，又稱筆記。古人有札記、劄記、筆記、讀書之類為名的書籍，名目極多，同學要熟知一二，例如南宋洪邁《容齋隨筆》、葉適《習學記言》、王應麟《困學紀聞》、羅大經《鶴林玉露》，清代顧炎武《日知錄》、趙翼《廿二史劄記》、王鳴盛《十七史商榷》、錢大昕《廿二史考異》等，都是習史者必備之書。近代學者亦有類似的書，同樣有極高學術價值，例如顧頡剛《顧頡剛讀書筆記》、錢鍾書《管錐篇》、陳寅恪《讀書札記》、呂思勉《呂思勉讀史札記》、陳登原《國史舊聞》、周一良《魏晉南北朝史札記》等等，都是非常著名的。直至今天，上述諸書仍然是許多學者治史的案頭書。

　　撰寫學術筆記是古人治學的重要方法。梁啟超《清代學術概論》說：「大抵當時好學之士，每人必置一『札記冊子』，每讀書有心得則記之。」[1]徐德明、吳平合編《清代學術筆記叢刊》，序文說據他們調查所得，清代學術筆記至少

有 500 種，而叢刊收錄 240 多種。[2] 其實，舉凡重要的學術筆記已有點校本。據張舜徽《清人筆記條辨》目錄所列清人筆記書籍名稱，常見有「錄」、「劄記」、「筆記」、「閒話」、「雜錄」、「雜記」、「札記」、「雜識」、「日記」、「隨筆」、「小記」、「編」、「筆談」、「瑣記」、「記聞」、「客話」、「叢話」、「讀書記」、「筆錄」、「筆叢」、「日札」、「筆話」、「答問」等名稱。[3]

榮新江《學術訓練與學術規範：中國古代史研究入門》說：

> 文章有時需要完整性，而札記則不然，是有新知、新意才有感而發的，所以內容不一定非常全面，但有時更有可讀性。札記要短小精悍，一般都是考證性的文字，所以不必特別地加以修飾，用最短的文字，寫明白自己要說明的問題。[4]

同學如想提升寫作水平，可以從寫札記、讀書筆記入手。札記不需長篇大論，說得清楚明白就可以了。另一方面，讀古人或當代名家的札記，必然獲益良多，能了解他們如何思考，模仿他們如何論證。尋找題目靈感，也可以由札記、讀書筆記入手。葛兆光憶述做學問的歷程說：

> 1994 年的夏天，我放下寫了半截的《中國禪思想史》，把半本書交給北京大學出版社，這就是後來的

《中國禪思想史 —— 從 6 世紀到 9 世紀》，因為我已經在開始準備和撰寫《中國思想史》。但是，在寫思想史的時候，總要涉及儒釋道三家，所以我還是在不斷地思考道教史的問題，並且在讀書中不斷隨手寫下一些札記，時間一長，這些札記漸漸有了連續性，也積累了一些問題和想法……[5]

由此可見，學者做札記，日子有功，對思考問題幫助很大。讀書筆記是顧頡剛治學的重要方法，一生中所寫讀書筆記近二百冊，達四百萬字。顧氏說：「為筆記既多，以之匯入論文，則論文充實矣……」[6]讀筆記、札記，有四點可以留意：

1. 看學者如何發現問題。
2. 看學者如何見微知著，從小處着手。
3. 看學者如何排比資料，鋪排論據。
4. 看同一題目如何傳承與開展。

趙翼〈廿二史劄記小引〉：「是以此編多就正史紀、傳、表、志中參互勘校，其有牴牾處，自見輒摘出，以俟博雅君子訂正焉。」[7]趙翼將史料中所見相同、相異之處列出，從而看出問題。杜維運〈趙翼與歷史歸納研究法〉總結趙翼治史方法為三：對照法、排比法、彙敘法。[8]

試看一例，《廿二史劄記‧大定中亂民獨多》：

金代九君，世宗最賢。大定七年，大興府曾奏獄

空，賞錢三百貫，以為宴樂之費，其政簡刑清可知也。
[金世宗治下稱為小堯舜，是金代有名賢君。]

然二十餘年中，謀反者偏多。[金世宗大定共有二十九年，趙翼卻發現二十多年間，謀反者甚多。]

大定六年，泰州民合住謀反，伏誅。九年，契丹外失剌等，冀州張和等，俱以謀反伏誅。十一年，歸德府民臧安兒謀反，伏誅。十二年，北京曹貴等，西北路納合七斤等，鄜州民李方等，同州民屈立等，冀州民王瓊等，俱以謀反伏誅。十三年，大名府僧李智究等謀反，伏誅。十八年，獻州人殷小二謀反，伏誅。十九年，密州民許通等，濟南民劉溪忠等，俱以謀反伏誅。二十年，浦速椀群牧所老忽謀反，伏誅。二十一年，遼州民朱忠等亂言，伏誅。二十三年，潞州民陳圓亂言，伏誅。大名府猛安人馬和尚謀反，伏誅。此皆載於本紀者。有道之世，偏多亂民，何也？[趙翼從《金史》找出大定年間因亂伏誅，共十多條，亂事規模或有大有小，在號稱治世時，應如何解釋？]

豈世宗綜竅吏治。凡有姦宄，有司俱不敢隱，故奏讞獨多耶？抑有司爭欲以發摘邀功，遂以輕作重，以見其勤於吏事耶？[趙翼提出兩個解釋，或是世宗對吏治重視，官員一見有風吹草動，即向上呈報；或是官員想邀功，爭相表現。]9

趙翼發掘問題的方法是舉出例子，找出有矛盾的地方，

然後再想出答案。趙翼的答案是否可信，自是另一問題，但文中應用歸納、比較的方法，都是治史常見的。當然，趙翼也不可能每件史事都能提供答案，有些條目只排比同類資料，例如〈漢帝多自立廟〉，輯錄《漢書》記載西漢諸帝多在生前立廟事例而已。[10]

近人研究往往站在札記、筆記基礎上再進一步。試看下面例子，趙翼《廿二史劄記‧唐宦官多閩廣人》：

> 唐時諸道進閹兒，號私白，閩、嶺最多。如高力士本高州馮盎之後，嶺南討擊使李千里進之。後吐突承璀及楊復光皆閩人，時號閩為中官區藪。咸通中，杜宣猷為閩中觀察使，每歲時遣吏致祭其先，時號為敕使墓戶。[11]

趙翼指唐代宦官許多來自閩、嶺。陳寅恪《唐代政治史述論稿》舉出更多史料，結論是：

> 據此，可知唐代閹寺多出自今之四川、廣東、福建等省，在當時皆邊徼蠻夷區域。其地下級人民所受漢化自甚淺薄，而宦官之姓氏又有不類漢姓者，故唐代閹寺中疑多是蠻族或蠻夷化之漢人也。[12]

陳寅恪指宦官來源在閩、嶺之外，又加多四川，與這些地區當時屬「蠻夷區域」，且該處之人漢化程度不高有關。唐長孺〈唐代宦官籍貫與南口獻進〉在趙、陳兩人基礎上，

又再進一步指唐代宦官來源，至少有一部分由諸道進獻，送官閹人多出自南方諸州疑與此制有關。[13] 杜文玉〈唐代宦官的籍貫分佈〉以墓誌資料做統計，得出結論是唐代宦官北方籍的人多於南方籍，尤以關內道人數最多。[14] 杜文玉能否推翻前賢之論，有待考究。但是，研究課題就是這樣傳承與開展。

田餘慶〈北魏後宮子貴母死之制的形成和演變〉探討北魏一個制度，後宮生子將立為儲貳，其母則賜死。[15] 此題先發端於趙翼《廿二史劄記‧魏書紀傳互異處》據《魏書》所載指出：

> 據此則立子先殺其母之例，實自道武始也。遍檢《魏書》，道武以前實無此例，而傳何以云魏故事耶？北史亦同此誤。[16]

周一良《魏晉南北史札記‧魏書札記‧王玄威與婁提哀悼獻文帝》：「拓跋氏入中原前之舊制，凡其子之立太子者，母妃先賜死，至孝文帝母猶因此而被殺。但北方其他少數民族未聞有此風俗，且游牧部落亦不如封建王朝之易於發生母后專權之例，其來源尚待研究。」[17] 及至田餘慶此文，認為此制「是植根拓跋部落早期君位傳承引發動亂以及相關的母系部族利益衝突等事實」而來。[18] 學者研究課題一脈相承。這也說明研究回顧為何如此重要。榮新江談治史方法時，說：「讀書的時候應該先讀陳寅恪、唐長孺等最好的老師的文章，站在他們研究的高度上，你再思考的問題就是他們之

上的問題了。」[19]

　　學者在趙翼《廿二史劄記》的基礎上再深入研究，多不勝數，甚至有不同意見，修正趙翼說法。逯耀東〈《匈奴列傳》的次第問題〉開首引趙翼《廿二史劄記・史記編次》認為《史記》成一篇即編入一篇，不待全書完成後重為整輯。趙翼以〈李廣傳〉後，忽然〈匈奴列傳〉，之後又再安排〈衛青霍去病傳〉，朝臣與外夷相次。逯文對此說有不同看法。[20]余英時〈東漢政權之建立與士族大姓之關係〉開首引趙翼《廿二史劄記・東漢功臣多近儒》，認為趙氏看出兩漢開國功臣的性質不同，但卻沒有從歷史與社會背景上看這個問題。[21]

　　讀近代學者札記，收穫也可以很大。下面再舉一些例子，看看學者如何提問題。陳寅恪《讀書札記三集・高僧傳初集之部》：

> 晉京師道場寺佛馱跋陀羅
>
> 　　嚴既要請苦至，賢遂愍而許焉，於是捨眾辭師，裹糧東逝。步驟三載，綿歷寒暑，既度蔥嶺，路經六國，國主矜其遠化，並傾心資奉。至交趾，乃附舶循海而行。
>
> 　　本書卷一康僧會傳有「通六國語」之語。
>
> 　　〔陳寅恪案語〕東來之路，既度蔥嶺，乃由陸路經中亞細亞至支那。何得忽又至交趾附舶循海而行耶？[22]

　　陳寅恪從地理常識提出疑問，佛馱跋陀羅原本走陸路，何以一下變成走海路，這中間有路可走嗎？唐長孺〈南北朝

期間西域與南朝的陸道交通〉進一步考證這個問題。[23]

讀文史者，必然讀過諸葛亮〈出師表〉，錢鍾書《管錐篇》「〈出師表〉有宋人『參補』」條：

> 諸葛亮〈出師表〉，輯自《三國志》、《華陽國志》、《文選》。按宋劉昌詩《蘆浦筆記》卷二載胡洵直辨此表脫誤，因據《蜀書》亮本傳、董允傳、《文選》「參而補之」，頗緻密。[24]

錢鍾書沒有明言胡洵直指〈出師表〉脫誤那一部分，補的又是甚麼。錢鍾書評價是「頗緻密」，正面肯定胡洵直的參補。同學跟着錢鍾書去讀書，找《蘆浦筆記》來看看，一定有收穫（附錄二）。

南宋羅大經《鶴林玉露・漢文帝葬》：

> 漢文帝以七月己亥崩，乙巳葬，纔七日耳。與寠人之家，斂手足形還葬者何以異？景帝必不忍天下儉其親，此殆文帝之顧命也。雖未合中道，見亦卓矣。文帝此等見解，皆自黃老中來。[25]

這條札記文字只得幾句，卻能見微知著，以小見大：（一）漢文帝死後七日下葬，如此之快，與百姓無異。（二）景帝一定不忍心這樣做，必是文帝死前吩咐。（三）文帝為何要這樣做，與黃老思想有關。羅大經從漢文帝下葬日子推

論黃老思想在漢初所佔位置，真正是見微知著。

　　讀札記、筆記，要尋根究柢，不能盲信前人之說，要自己查證，才能進步。同學讀了札記、筆記後，可以試試如下做法：

1. 好好理解札記內容。
2. 簡單地將內容分開若干段落。
3. 檢視札記所引原始資料，分析是否如札記所言。
4. 如果原始資料與札記推論吻合，看看有沒有補充或再往前研究的可能。
5. 如果札記與原始資料有牴牾，推論不確，搜集資料推翻札記的說法。

B. 閱讀方法

　　閱讀並無捷徑，仔細、耐心閱讀他人論著，乃不二法門。當然，也有需要注意的地方：

1. 一定要讀參考書目和注釋，了解論著所用資料，以及是否有最新近的研究。還有，檢視是否合乎學術規範、使用好的版本等等。
2. 應該抱着欣賞別人論著優點的心態，同時也帶着批判眼光。
3. 名家著作可多讀幾次。
4. 不明白的名詞或概念，立即查看一下，或看看相關書籍。

　　彭明輝指一篇論文可能要讀四五次，第一次讀時只需要聚焦於三個最容易回答的問題：

1. 這篇論文想解決甚麼問題，最適合用來描述這個問題的術語是甚麼？

2. 它使用的方法叫甚麼（學術界如何稱呼它）？

3. 前述的問題和方法屬於哪一個學術領域？[26]

　　往後每次再讀時，除了增進對論文的理解之外，還要嘗試判斷論文所用的資料、方法，所持論點，以及不足之處，可以寫下簡單的心得，以便自己覆檢。

　　做論文時有一大堆文章要讀，怎麼辦？大致原則如下，但亦按個人習慣而定，不是絕對：

1. 先讀名家或者你熟悉的作者的論著。

2. 先讀任職有名聲的學術單位作者的論著。

3. 先讀中文，後讀外文。

4. 先讀有名期刊，後讀其他。

5. 先讀出版時間較近的。

6. 也可先讀研究回顧。

　　這些原則很容易明白，不需多解釋。「先讀中文，後讀外文」是針對同學對拼音不熟，一大堆人名、地名，又沒有附原文，讀起來真的會有很大挫折。徐泓憶述讀何炳棣《明清社會史論》的經驗：「最頭痛的還不是英文，而是中國史上的人名、地名、官名與書名等專有名詞，如何從英文還原為中文，尤其這些字詞，在一般英文字典是查不到的……」[27]就同一題目，先讀中文論著，大概知道有關的專

有名詞，之後再讀英文論著，看見一堆陌生拼音也能約略知道在講甚麼。還有：

1. 英文書籍，一般而言，出版不久即有書評，可以同時讀書評。
2. 重要的書、文章，或者當中部分，多讀幾次。
3. 互相辨難的論文，一定要對讀。
4. 港台出版的論文先讀，國內出版的後讀。
5. 很多論文都徵引某篇文章，那篇文章一定要讀。
6. 由外文譯成中文的文章後讀。

上文已述，好的書評有助讀者更容易、更快速掌握該書要旨。

互相辨難的論文，會突出對方論說的缺點。朱子說：「凡看文字，諸家說有異同處，最可觀。謂如甲說如此，且撦扯住甲，窮盡其詞；乙說如此，且撦扯住乙，窮盡其詞。兩家之說既盡，又參攷而窮究之，必有一真是者出矣。」[28] 朱子較為樂觀，實際上很多辨難文章是沒有答案的。但是，透過雙方你來我往，讀者必然會更了解文章的論點。民國時期，孔老先後論爭，眾多學者參與發表意見；張蔭麟對顧頡剛層累形成說的批評，也是極為哄動。陳寅恪發表〈桃花源記旁證〉二十年後，唐長孺寫〈讀桃花源記旁證質疑〉與之討論，及後逯耀東〈何處是桃源〉、張偉然〈學問中的證與悟——陳寅恪、唐長孺先生對《桃花源記》的解讀〉，都分別從不同角度評析陳、唐兩家說法。[29] 不管同學是否同意陳寅恪的意見，但讀唐氏、逯氏、張氏文章會增進對陳氏此文的

了解。又如徐規與柳立言對北宋杯酒釋兵權事件的爭論，何炳棣和羅友枝就清代在中國史上地位的討論，考古學界對夏文化、馬車起源的不同看法等等。學者對這些議題展開過激烈而深入的討論，寫下不少針鋒相對的論文。

同一部論著、譯著，先讀「港台出版」，此點可再加說明。許倬雲《從歷史看領導》先在台灣出版，後在內地出版，對比繁簡體版的目錄，簡體字版刪去〈一九四九年以前中華民國在結構上的缺失〉一個章節。[30] 許冠三《新史學九十年》原由香港中文大學出版社出版，後將內地版權讓予嶽麓書社出版簡體字本，但簡體字本有所刪節。[31] 如果同一部書有港台版、內地版，寧取港台版。如據改動刪節的簡體字版書籍和論文做學術評論，有可能出現傅傑〈差之毫釐　謬以千里〉所說的情況。[32] 還有，同一部譯著在內地和台灣可能分別有中譯本，兩者譯名不同，同學找書時也要靈活一點，例如曼素恩（Susan Mann）的 *Precious Records: Women in China's Long Eighteenth Century*，內地中譯本書名為《綴珍錄：十八世紀及其前後的中國婦女》，台灣中譯本書名為《蘭閨寶錄：晚明至盛清時的中國婦女》。[33]

傅高義（Ezra F. Vogel）巨著 *Deng Xiaoping and the Transformation of China*，先由香港中文大學出版社出繁體字中譯本，書名《鄧小平時代》，之後三聯書店以繁體字版為據出版簡體字版，當中刪節 5.3 萬字。[34] 一般讀者沒有可能去考究刪了甚麼，讀刪節版本或會錯誤理解原著。李戡《蔣介石日記的濫用：楊天石的抄襲、模仿與治學謬誤》全面對比

陶涵（Jay Taylor）的 *The Generalissimo: Chiang Kai-shek and the Struggle for Modern China* 原文和國內簡體字譯本，簡體字版將很多地方刪去了。其中有一例：

> At one point, when the CCP, on behalf of the Jiangxi soviet, asked the Comintern for more money, Moscow suggested creating a special "station" in southern Jiangxi for delivering supplies to the besieged soviet and even proposed setting up a firm "that could specialize in the sale of Sichuan opium." [35]

簡體字版譯文：

> 有一度，中共中央代表江西蘇區要求共產國際多撥點錢，莫斯科建議在贛南設立一個「駐地」以便運交補給品到被包圍的蘇區去，中共在江西原本控制七十個縣，現在全丟了，只剩下六個縣。中共領導人開始辯論是否突圍，長途撤退到靠近蘇聯的某個偏遠地區。[36]

李戡指簡體字版譯文「刪去共產國際提議中共設立公司以便『實施四川鴉片專營』」。[37] 筆者查台灣出版的繁體字版譯文，原文如下：

> 有一度，中共代表江西蘇區要求共產國際多撥點錢，莫斯科建議在贛南設立一個「駐地」，以便運交補

給品到被包圍的蘇區去，它甚至還提議成立一家公司「專司銷售四川鴉片」。中共在江西原本控制七十個縣，現在全丟了，只剩下六個。中共領導人開始辯論是否突圍，長途撤退到靠近蘇聯的偏遠地區。[38]

顯然，林添貴所譯的繁體字版較簡體字版忠實。九州出版社《徐復觀全集》，內容因有改動刪節，徐復觀後人於是將徐復觀在 1982 年前出版並親自過目的著作，在網上開放使用。[39] 如果有人據九州出版社版本研究新儒家思想，同學能相信這種研究的結論嗎？

同學閱讀學術著作，讀不懂，讀不明，讀了好像沒有讀，是正常的。讀得越多越進步，自然可以融會貫通。同學嘗試做筆記，將重點寫出來，才知道自己懂不懂。還有，最好集中時間看文獻，看文獻的時間越分散，浪費的時間越多；集中時間閱讀，更容易將不同文獻內容連繫起來。

甚麼文章要從尾讀起？考證、辨證性質很強的文章，可以先讀結論，知道結果後，再回頭細讀推論和證據。這樣同學不會被大堆資料淹沒。陳寅恪的書和文章做推論，一引就十條八條資料，並以「寅恪案」作為總結，同學看得幾條資料就如墮霧中。因此，可以先讀「寅恪案」，知道陳寅恪想說甚麼，回頭再細看當中論證。例如《唐代政治史述論稿》其中一段引《舊唐書・宦官・吐突承璀》、《舊唐書・李絳傳》、《舊唐書・李吉甫傳》、《新唐書・上元萬頃傳附義方傳》（附錄三）。[40] 同學讀畢陳寅恪所列四條資料，頭腦昏亂，

根本不知他想帶出甚麼結論，這已經不是書中最繁複的內容。但是，如果先看看陳寅恪得出甚麼結論，再回看這四條資料，就不會被「遊花園」。陳寅恪案說：

> 憲宗與吐突承璀之關係可謂密切矣。故元和朝用兵之政策必為在內廷神策軍中尉吐突承璀所主持，而在外朝贊成用兵之宰相李吉甫其與承璀有連，殊不足異也。[41]

陳寅恪用這四條資料帶出外朝李吉甫與內廷宦官吐突承璀有關連繫而已。同學先知道結論，再讀上述四條資料，較易掌握重點所在。

陳寅恪的書重在羅列證據，把不同史料串連起來。錢穆《國史大綱》則寫得很簡約。同學要透徹了解《國史大綱》的內容，並不容易。所以，同學讀《國史大綱》有不明白的地方，或想進一步深入探索錢穆論述的由來，就要連同兩部書一起讀。第一部是錢穆《中國通史參考材料》，此書是錢穆在北京大學講授中國通史課時選讀的原始材料。此書分為兩部分，第二部分是「中國通史參考材料（上古至北宋）」，實際內容止於唐代，北宋只有「宋神宗熙寧變法」一節。《中國通史參考材料》與《國史大綱》有密切關係，內容完全一致。因此，同學想知道《國史大綱》論述所依原始材料，可以將兩書對讀。試舉兩例，《國史大綱》第十章其中一節「東漢之察舉與徵辟制度」，[42] 當中論據及其史料均見於《中國通史參考材料》〈秦漢之部〉「東漢一代之察

舉與徵辟」。[43]《國史大綱》第十一章其中一節「兩漢國力之比較」，[44] 當中論據及其史料均見於《中國通史參考材料》〈三國之衰象與魏晉南北朝〉「東漢邊境曠棄之大況」，[45] 此段引趙翼《陔餘叢考・漢時陵寢徙民之令》，也是《國史大綱》「兩漢國力之比較」中「漢諸帝共有陵寢徙民的制度」的資料來源。

　　第二部是《中國歷代政治得失》，此書內容絕大多都能與《國史大綱》相通。《國史大綱》第三十一章「貧弱的新中央北宋初期」，從北宋制度論北宋積弱問題，包括中央集權、地方制度、冗兵、冗吏。[46]《中國通史參考材料》沒有這一部分。《中國歷代政治得失》從北宋制度來看北宋積弱問題，兩書論點一致，相對《國史大綱》來說，《中國歷代政治得失》寫得更淺白詳盡。[47]《國史大綱》體大精思，[48] 但是又言辭簡約，同學讀此書，可以試試找上述兩書一併來讀，增進對《國史大綱》的理解。當然，同學讀畢《國史大綱》秦漢史部分，可進而再讀錢穆《秦漢史》。

　　讀古書有很多方法。錢穆《學籥》收有兩篇論讀書方法的文章〈朱子讀書法〉和〈近百年來諸儒論讀書〉，對同學而言有點深奧，卻很值得細讀。[49] 朱子教人讀書，許多方法在今天仍適用：

　　　　大凡看文字要急迫不得。有疑處，且漸漸思量。若一下便要理會得，也無此理。[50]
　　　　然讀書有疑，有所見，自不容不立論。其不立論

者，只是讀書不到疑處耳。[51]

　　讀書讀到疑問，也不容易。周振甫《文章例話・找問題》舉蘇洵〈高祖論〉為例，詳細解釋蘇洵如何發現一個問題，再發現另一個問題，然後連結起來（附錄四、附錄五）。蘇洵發現的第一個問題是：漢高祖擔憂死後出現困境而倚重周勃，他擔心甚麼？第二個問題是：如是擔心呂后權重，為何不去呂后？第三個問題是：高祖何以殺鴻門宴上捨身救己的樊噲？蘇洵此文就是一個問題帶出另一個問題。[52]

C. 讀古書方法

錢鍾書《管錐篇》介紹讀古書方法：

　　乾嘉「樸學」教人，必知字之詁，而後識句之意，識句之意，而後通全篇之義，進而窺全書之指。雖然，是特一邊耳，亦只初桄耳。復須解全篇之義乃至全書之指（「志」），庶得以定某句之意（「詞」），解全句之意，庶得以定某字之詁（「文」）；或並須曉會作者立言之宗尚、當時流行之文風，以及修詞異宜之著述體裁，方概知全篇或全書之指歸。積小以明大，而又舉大以貫小；推末以至本，而又探本以窮末；交互往復，庶幾乎義解圓足而免於偏枯，所謂「闡釋之循環」（der hermeneutische Zirkel）者是矣。[53]

同學讀書未必即時領會要旨，試試先讀其他部分，之後再回頭讀不明白的地方，或能豁然開朗。錢穆《中國史學名著》：

> 我就根據《史記‧太史公自序》來講《史記》……但此文不易讀。最好是讀了〈太史公自序〉，便去讀《史記》，待讀了《史記》，再來讀〈自序〉，庶乎易於明白。[54]

錢穆所說的方法，也是透過了解其他部分來幫助理解不明白的地方。

試舉一例，《論語‧子罕》：「子罕言利與命與仁。」[55] 歷來注解者有三說：一，讀為「子罕言利與命與仁。」二，讀為「子罕言利與命，與仁。」三，讀為「子罕言利，與命，與仁。」第二、三句讀意思較為接近。但是，要理解這一句，單憑這一句是無法找到答案的。

楊伯峻《論語譯注》斷句為：「子罕言利與命與仁。」語譯為「孔子很少〔主動〕談到功利、命運和仁德。」[56]「與」是連接詞。楊伯峻解釋說：

> 《論語》一書，講利的六次，講命的八、九次，若以孔子全部語言比較起來，可能還算少的。……我則以為《論語》中講仁雖多，但是一方面多半是和別人問答之詞，另一方面，仁又是孔門的最高道德標準，正因為少談，孔子偶一談到，便有記載，不能以記載的多便推

論孔子談得也多。孔子平生所言,自然千萬倍於《論語》所記載的,《論語》出現孔子論仁之處若用來和孔子平生之言相比,可能還是少的。諸家之說未免對於《論語》而過於拘泥,恐怕不與當時事實相符,所以不取。[57]

　　楊伯峻按《論語》中講利、命的次數來立論。但是,按楊伯峻所說邏輯,孔子一生人說的話這麼多,以《論語》記載和孔子一生說的話來相比,甚麼話都是罕言。南宋史繩祖《學齋佔畢》懷疑孔子利、命、仁三者都罕言。史氏提出在《論語》中「與」字可作動詞,「與者,許也」,即贊同之意。[58]李零對《論語》中講利、命、仁的次數,做了簡單統計。《論語》中講利有 6 次,利當作負面事情來說,並與義相對。講命有 7 處,是正面地講。講仁有 59 處,絕對是正面地講,並說:「孔子講利少,是因為他重義輕利;講命也少,是因為天命難言;講仁很多,是因為他推崇仁。」[59]李零認為此句意思是孔子罕言利,但贊同命與仁,與講多講少沒有太大關係。楊伯峻、史繩祖、李零都是從《論語》其他部分出發,判定這句的意思。這正正就是整體與部分之間交互往復,尋求義解圓足。

　　姚大力總結古人讀古書方法有六個方面:誦、錄、校、疑、入味、「大其心」而「使自得」。姚氏亦說今人已經不可能,也沒有必要恢復古人讀書方法。但是,古人讀書經驗,也有啟發意義。[60]

　　同學讀正史,如遇上困難,又可以怎樣解決?周一良

憶述初入史語所時讀正史的方法:「遇到人名就查列傳,遇到地名就查〈地理志〉,遇到官名就查〈職官志〉,這樣互相比勘,同時參考錢大昕的《廿二史考異》、趙翼的《廿二史劄記》和王鳴盛的《十七史商榷》等等。」[61] 周一良的方法固然是最好的,但是今時今日,同學沒有這樣的時間和功夫。較簡易的方法是查閱工具書,山東教育出版社編輯「二十五史專書辭典叢書」,從《史記》到《清史稿》均編有辭典。例如《三國志辭典》,〈凡例〉說明選詞以中華書局標點本為據,詞目用繁體字,與正史原文一致,而書中難懂語詞、成語典故、人名、地名、民族、職官、典籍、歷史事件,以及天文曆算等,均予收錄。[62] 其他方面,佛教、道教、職官、地理,都有專門辭典。同學讀古書遇上難解的地方,查查辭典,相信總有幫助。

D. 不要輕易改字

嚴耕望指讀古書「不要輕易改字」,古書固然有脫訛,一涉改字要特別謹慎。[63] 田餘慶《東晉門閥政治》〈孫恩、劉裕與次等士族〉談及盧循與劉裕曾經有數次交往:

> 《太平御覽》卷九七二引《三十國春秋》,盧循由廣州領兵北上時,曾饋劉裕以益智粽,劉裕則答以續命湯。這是當時很多地方的風俗,京口也是如此。據《至順鎮江志》卷三〈風俗〉,京口逢端午,則「繫百索」,

「為角黍」。「角黍」即粽，端午作粽，起源甚早。益智
出廣州，故盧循得饋益智粽與劉裕，並且還以之饋贈廬
山慧遠。「百索」，以五采絲繫臂，辟鬼辟兵，即所謂
「續命縷」，起源亦甚早。劉裕贈盧循的「續命湯」，當
為「續命縷」之訛。劉裕、盧循出自京口，皆同此俗。
劉、盧二人社會地位本來相近，但此時卻處於敵對的競
爭地位。他們互以此二物為贈，或是寓機語於酬對之
中，說明二人頗有心照。[64]

　　田餘慶認為續命湯當是續命縷之誤。如果將續命湯改
為續命縷，則在時間上與五月五日吃粽時間十分符合。不
過，查看各種史料，都同樣作續命湯，如唐・歐陽詢《藝
文類聚》〈果部下・益智〉、《太平御覽・飲食部九》引《晉
書》、《太平御覽・果部九》、《建康實錄・安皇帝》。[65]《建康
實錄・安皇帝》記盧循遣使贈劉裕益智粽，是在義熙元年四
月。[66] 盧循遣使貢獻，僅此一次。此事不在五月，那麼將續
命湯改為續命縷的可信程度就大減了。況且，續命縷有辟兵
之用，劉裕無理由在準備與盧循交戰時，贈予辟兵之物。
　　與此同時，筆者個人經驗是益智吃起來有嚼勁，不適
合用來做糉。《齊民要術》引《廣州記》：「益智，葉如蘘
荷，莖如竹箭，子從心出。一枝有十子，子肉白滑，四破去
之，或外皮蜜煮為粽，味辛。」[67] 益智生於交廣兩州，嶺南
以外的人很少嘗過，盧循視為珍貴禮物送贈予人。然而，益
智粽不是五月五日吃的粽，胡三省注《資治通鑑》「鬼目粽」

說：「宋人以蜜漬物曰粽。盧循以益智粽遺武帝，即蜜漬益智也。」[68] 此說與顧微《廣州記》吻合，以蜜煮益智外皮為粽，即蜜漬涼果，唐·段公路《北戶錄·食目》崔龜圖注引顏之推說：「今以蜜藏雜果為粽。」[69] 益智粽即蜜漬益智，與端午吃的粽無關。那麼，續命湯是甚麼？續命湯是治病湯藥，六朝至唐醫書有載錄。

正如陳寅恪說：「夫解釋古書，其謹嚴方法，在不改原有之字，仍用習見之義。故解釋之越簡易者，亦越近真諦。並須旁採史實人情，以為參證。」[70]

E. 獨特文義

研讀古書，要注意很多詞語，往往有其獨特文義，不能望文生義。筆者每次問同學何謂五胡？同學一定很神氣極速回答：匈奴、鮮卑、羯、氐、羌。但是，陳寅恪、周一良明確地說，魏晉南北朝人所說五胡是圖讖，不是指五個部族。[71]

章學誠《文史通義·說林》：

> 荀子著〈性惡〉，以謂聖人為之「化性而起偽」。偽於六書，人為之正名也。荀卿之意，蓋言天質不可恃，而學問必藉於人為，非謂虛詭欺罔之偽也。而世之罪荀卿者，以謂誣聖為欺詐，是不察古人之所謂，而遽斷其是非也。[72]

荀子論性惡的意思不是人人都了解。章學誠說荀子講性惡是指「化性起偽」，人經過學習是為偽，不是虛誕欺罔的意思。唐端正將荀子性惡的意思，講得很透徹，絕不是一般所想「人性是惡」。[73]

宋翔鳳《論語說義》解釋《論語‧學而》「有朋自遠方來」：

> 《史記‧孔子世家》：定公五年，「魯自大夫以下皆僭離僭越背離於正道。故孔子不仕為官，退而脩編纂詩、書、禮、樂，弟子彌眾數量眾多，至自遠方，莫不受業焉」。弟子至自遠方，即「有朋自遠方來」也。「朋」，即指弟子。故《白虎通‧辟雝》篇云：「師弟子之道有三。《論語》曰『朋友自遠方來』，（《經典釋文》云：「『有』一作『友』。」與此同。）朋友之道也。……」又《孟子》：子濯孺子曰：「其取選取友必端端正，正派矣」《離婁下》，亦指「友」為弟子。《大司徒》鄭鄭玄《注》《三禮注》：「同師曰朋。」皇皇侃《疏》《論語義疏》亦云：「同處師門曰朋，同執一志志向曰友。朋，猶黨也，其為黨類在師門也。」是朋為同處師門之稱。[74]

據宋氏所述，朋在此處不是泛指一般友人，而是指弟子。如有友人從遠方來探望孔子，孔子當然高興。但是，孔子此句話有其獨特意思，是指有弟子從遠方來從學，「不亦樂乎」原因在此。

注釋

1　梁啟超，《清代學術概論》，收入湯志鈞、湯仁澤編，《梁啟超全集》，第 10 集，頁 259。

2　徐德明、吳平主編，《清代學術筆記叢刊》（北京：學苑出版社，2005）。

3　張舜徽，《清人筆記條辨》，收入張舜徽，《張舜徽集》，頁 1-5。有關歷代筆記發展史，參閱葉秋，《歷代筆記概述》（北京：北京出版社，2011）。

4　榮新江，《學術訓練與學術規範：中國古代史研究入門》，頁 225。

5　葛兆光，《屈服史及其他：六朝隋唐道教的思想研究》，〈後記〉，頁 247。

6　顧洪，〈前言〉，見顧頡剛，《顧頡剛讀書筆記》，收入顧頡剛，《顧頡剛全集》（北京：中華書局，2011），卷 1，頁 1。

7　〔清〕趙翼，〈廿二史箚記小引〉，王樹民校證，《廿二史箚記校證（訂補本）》，上冊，頁 1。

8　杜維運，〈趙翼與歷史歸納研究法〉，收入杜維運，《清乾嘉時代之史學與史家》，頁 113-144。

9　〔清〕趙翼著，王樹民校證，《廿二史箚記校證（訂補本）》，卷 28，〈大定中亂民獨多〉，冊下，頁 625-626。

10　〔清〕趙翼著，王樹民校證，《廿二史箚記校證（訂補本）》，卷 2，〈漢帝多自立廟〉，冊上，頁 35。

11　〔清〕趙翼著，王樹民校證，《廿二史箚記校證（訂補本）》，卷 20，〈唐宦官多閩廣人〉，冊下，頁 454。

12　陳寅恪，《唐代政治史述論稿》，收入陳寅恪著，陳美延編，《陳寅恪集》（北京：生活・讀書・新知三聯書店，2001），頁 209。

13　唐長孺，〈唐代宦官籍貫與南口獻進〉，《山居存稿續編》，收入唐長孺，《唐長孺文集》（北京：中華書局，2011），冊 6，頁 359-366。

14　杜文玉，〈唐代宦官的籍貫分佈〉，《中國歷史地理論叢》，期 1（1998 年 3 月），頁 161-175。

15　田餘慶，〈北魏後宮子貴母死之制的形成和演變〉，收入田餘慶，《拓跋史探》（北京：生活・讀書・新知三聯書店，2003），頁 9-61。

16　〔清〕趙翼著，王樹民校證，《廿二史箚記校證（訂補本）》，卷 13，〈魏書紀傳互異處〉，冊上，頁 280。

17　周一良，〈魏書札記・王玄威與妻提哀悼獻文帝〉，《魏晉南北史札記》，收入周一良，《周一良集》，卷 2，頁 600-601。

18 田餘慶，〈北魏後宮子貴母死之制的形成和演變〉，收入田餘慶，《拓跋史探》，頁 9-61。

19 榮新江，〈談談治史學的方法〉，收入榮新江，《三升齋續筆》（杭州：浙江大學出版社，2021），頁 9。

20 逯耀東，〈《匈奴列傳》的次第問題〉，收入逯耀東，《抑鬱與超越 —— 司馬遷與漢武帝時代》（台北：東大圖書公司，2007），頁 219-269。

21 余英時，〈東漢政權之建立與士族大姓之關係〉，收入余英時，《中國知識階層史論（古代篇）》（台北：聯經出版公司，1980）。頁 109-203。

22 陳寅恪，《讀書札記三集‧高僧傳初集之部》，收入陳寅恪著，陳美延編，《陳寅恪集》，頁 75。

23 唐長孺，〈南北朝期間西域與南朝的陸道交通〉，《魏晉南北朝史拾遺》，收入唐長孺，《唐長孺文集》，冊 2，頁 169-197。

24 錢鍾書，《管錐篇》，冊 3，全三國文卷五八，「〈出師表〉有宋人『參補』」，頁 1096。

25 〔宋〕羅大經，《鶴林玉露》（北京：中華書局，1983），丙編卷 1，〈漢文帝葬〉，頁 250。

26 彭明輝，《研究生完全求生手冊：方法、秘訣、潛規則》，第 6 章〈告別大學時代 —— 期刊論文的閱讀技巧〉，頁 97、105。

27 徐泓，〈何炳棣教授及其《明清社會史論》〉，收入何炳棣著，徐泓譯，《明清社會史論》，頁 xxix。

28 〔宋〕朱熹著，鄭明等校點，《朱子語類》，收入朱人傑、嚴佐之、劉永翔主編，《朱子全書》（上海：上海古籍出版社；合肥：安徽教育出版社，2002），卷 11，〈讀書法下〉，第 14 冊，頁 350。

29 陳寅恪，〈桃花源記旁證〉，《金明館叢稿初編》，收入陳寅恪著，陳美延編，《陳寅恪集》，頁 188-200。唐長孺，〈讀《桃花源記旁證》質疑〉，《魏晉南北朝史論叢續編》，收入唐長孺，《唐長孺文集》，冊 2，頁 185-198。逯耀東，〈何處是桃源〉，收入逯耀東，《何處是桃源 —— 習史論稿》（台北：幼獅文化事業公司，1974），頁 33-49。張偉然，〈學問中的證與悟 —— 陳寅恪、唐長孺先生對《桃花源記》的解讀〉，收入中國政法大學人文學院編，《中國政法大學人文論壇》（北京：中國社會科學出版社，2004），輯 1，頁 66-71。

30 繁體字版，許倬雲，《從歷史看領導》（台北：洪建全基金會，1992）。簡體字版，許倬雲，《從歷史看領導》（北京：生活‧讀書‧新知三聯書店，1994）。

31　繁體字版，許冠三，《新史學九十年》（香港：中文大學出版社，1986-1988）。簡體字版，許冠三，《新史學九十年》（長沙：嶽麓書社，2003）。有關訊息見〈許冠三告中大違約索賠〉，《東方日報》，2004 年 4 月 28 日。http://orientaldaily.on.cc/archive/20040428/new/new_a58cnt.html（2022 年 2 月 27 日檢索）。

32　傅傑，〈差之毫釐　謬以千里〉，《百年》，1999 年 11 月號。http://zgyj.freeservers.com/zgyj1999/zgyj9911/b991105.htm（2022 年 2 月 23 日檢索）。

33　Susan Mann, *Precious Records: Women in China's Long Eighteenth Century* (Stanford: Stanford University Press, 1997). 曼素恩著，定宜莊、顏宜葳譯，《綴珍錄：十八世紀及其前後的中國婦女》（南京：江蘇人民出版社，2005）。曼素恩著，楊雅婷譯，《蘭閨寶錄：晚明至盛清時的中國婦女》（新北：左岸文化事業公司，2005）。筆者略略審視國內版書目，錯譯之處不少，而書名何以譯作《綴珍錄》，書中沒有交代。

34　李慧敏，〈《鄧小平時代》大陸版少了甚麼？〉，《紐約時報中文網》，2013 年 3 月 21 日。https://cn.nytimes.com/china/20130321/cc21dengcompare/zh-hant/（2022 年 2 月 23 日檢索）。

35　Jay Taylor, *The Generalissimo: Chiang Kai-shek and the Struggle for Modern China* (Cambridge: Belknap Press of Harvard University Press, 2009), p. 110.

36　陶涵著，林添貴譯，〈南京十年〉，《蔣介石與現代中國的奮鬥》（北京：中信出版社，2009），頁 127。

37　李戡，《蔣介石日記的濫用：楊天石的抄襲、模仿與治學謬誤》（台北：暖暖書屋，2021），頁 289。

38　陶涵著，林添貴譯，〈南京十年〉，《蔣介石與現代中國的奮鬥》（台北：時報文化出版企業股份有限公司，2010），頁 127。

39　《徐復觀全集》。https://sites.google.com/xufuguan.net/collectedworks/home（2022 年 2 月 23 日檢索）。九州出版社還出版了《錢穆先生全集》、《唐君毅全集》、《吳稚暉全集》、《王雲五全集》。據《新京報》報道，九州出版社明言《錢穆先生全集》，有些人名、地名、近代史部分必須作相應的文字處理。〈《錢穆全集》將在大陸面世〉，《新京報》，2010 年 9 月 7 日。https://www.bjnews.com.cn/detail/155143610714190.html（2022 年 2 月 23 日檢索）。

40　陳寅恪，《唐代政治史述論稿》，收入陳寅恪著，陳延美編，《陳寅恪集》，頁 288-290。

41　陳寅恪，《唐代政治史述論稿》，收入陳寅恪著，陳延美編，《陳寅恪集》，頁 290。

42　錢穆，《國史大綱（修訂本）》（台北：台灣商務印書館，1977），第 10 章〈士族之新地位‧東漢之察舉與徵辟制度〉，冊上，頁 128-131。

43　錢穆，《中國通史參考材料》（台北：東昇出版事業公司，1981），第二編〈秦漢之部〉，頁 346-349。

44　錢穆，《國史大綱（修訂本）》，第 11 章〈統一政府之對外‧兩漢國力之比較〉，冊上，頁 391-414。

45　錢穆，《中國通史參考材料》，第二部分〈三國之衰象與魏晉南北朝〉，頁 375-392。

46　錢穆，《國史大綱（修訂本）》，第 31 章〈貧弱的新中央〉，冊下，頁 391-414。

47　錢穆，《中國歷代政治得失》，收入錢穆，《錢賓四先生全集》（台北：聯經出版事業公司，1998），第 30 冊，頁 85-113。

48　有關《國史大綱》的重要價值，參見余英時，〈《國史大綱》發微 —— 從內在結構到外在影響〉，《古今論衡》，期 29（2016 年 12 月），頁 3-16。

49　錢穆，〈朱子讀書法〉，收入錢穆，《學籥》（台北：素書樓文教基金會、蘭臺出版社，2000），頁 5-26。錢穆，〈近百年來諸儒論讀書〉，收入錢穆，《學籥》，頁 63-128。

50　〔宋〕朱熹著，鄭明等校點，《朱子語類》，收入朱人傑、嚴佐之、劉永翔主編，《朱子全書》，卷 11，〈讀書法下〉，冊 14，頁 342。

51　〔宋〕朱熹著，鄭明等校點，《朱子語類》，收入朱人傑、嚴佐之、劉永翔主編，《朱子全書》，卷 11，〈讀書法下〉，冊 14，頁 348。

52　周振甫，〈找問題〉，《文章例話》（北京：中國青年出版社，1983），頁 40-41。

53　錢鍾書，《管錐篇》，〈左傳‧隱公元年〉，冊 1，頁 171。

54　錢穆，《中國史學名著》（台北：三民書局，1973），頁 74。

55　楊伯峻，《論語譯注》（北京：中華書局，1980），〈子罕〉，頁 86。

56　楊伯峻，《論語譯注》，頁 86。

57　楊伯峻，《論語譯注》，頁 86-87。

58　〔宋〕史繩祖，《學齋佔畢》，收入上海師範大學古籍整理研究所編，《全宋筆記》（鄭州：大象出版社，2017），卷 1，〈與命與仁別句〉，編 8 冊 3，頁 59。

59　李零，《喪家狗：我讀〈論語〉》（太原：山西人民版社，2007），〈子罕第九〉，頁 174-175。

60　姚大力，〈那些令人驚嘆的古代人的讀書方法〉，《中國人大》，2018 年第 8 期，頁 51-52。

61　周一良，〈我和魏晉南北朝史〉，收入周一良，《魏晉南北朝史十二講》（北京：中華書局，2010），頁 2。

62　張舜徽主編，《三國志辭典》（濟南：山東教育出版社，1992）。其他已出版：《史記辭典》、《漢書辭典》、《後漢書辭典》、《晉書辭典》、《南朝五史辭典》、《北朝五史辭典》、《兩唐書辭典》、《兩五代史辭典》、《宋史辭典》、《遼金史辭典》、《元史辭典》、《明史辭典》、《清史稿辭典》。

63　嚴耕望，《治史經驗談》，頁 64-66。

64　田餘慶，《東晉門閥政治》（北京：北京大學出版社，1991），頁 321。

65　〔唐〕歐陽詢著，汪紹楹校，《藝文類聚》（上海：上海古籍出版社，1982），卷 87，〈果部下・益智〉，頁 1498。〔宋〕李昉編，夏劍欽校點，《太平御覽》（石家莊：河北教育出版社，1994），卷 851，〈飲食部九・粽〉，第 7 冊，頁 903。〔宋〕李昉編，夏劍欽校點，《太平御覽》，卷 972，〈果部九〉，第 8 冊，頁 792。〔唐〕許嵩著，張忱石點校，《建康實錄》（北京：中華書局，2009），卷 10，〈安皇帝〉，頁 327。

66　〔唐〕許嵩著，張忱石點校，《建康實錄》，卷 10，〈安皇帝〉，頁 327。

67　〔北魏〕賈思勰著，石聲漢譯注，石定扶、譚光萬補注，《齊民要術》（北京：中華書局，2015），卷 10，〈五穀、団菰、菜茹非中國物產者・益智〉，下冊，頁 1276。

68　〔宋〕司馬光著，〔元〕胡三省注，《資治通鑑》（北京：中華書局，1956），卷 130，〈宋紀〉，頁 4076。

69　〔唐〕段公路著，〔唐〕崔龜圖注，《北戶錄》（揚州：廣陵書社，2003），卷 2，〈食目〉，頁 79。

70　陳寅恪，〈蒯丘之植植於汶篁之最簡易解釋〉，《金明館叢稿二編》，收入陳寅恪著，陳美延編，《陳寅恪集》，頁 299。

71　陳寅恪著，萬繩楠整理，《魏晉南北朝史講演錄》（合肥：黃山書社，1987），頁 82-83。周一良，〈晉書札記・五胡次序無汝羌名〉，《魏晉南北史札記》，收入周一良，《周一良集》，卷 2，頁 175。

72　〔清〕章學誠著，葉瑛校注，《文史通義校注》，卷4，〈說林〉，冊
　　　上，頁354。相關討論參自周振甫，〈求用意〉，《文章例話》，頁
　　　18。

73　唐端正，〈荀學價值根源問題的探討〉，《新亞學報》，期15（1986
　　　年6月），頁239-252。

74　〔清〕宋翔鳳著，楊希校注，《論語說義》，卷1，〈學而為政〉，
　　　頁1。

總結

　　詹姆斯・克利爾（James Clear）《原子習慣：細微改變帶來巨大成就的實證法則》強調養成好習慣是成功的重要因素，每天都進步一些，微小改變可以造就巨大成果。[1] 同學初學寫論文，一開始養成良好研究習慣，盡早找題目和動筆，做好筆記，完備注釋和參考書目，詳細記錄引述內容出處等等，逐步養成良好的寫作習慣，即使每次寫論文只做很小的改變，久而久之，也會看到很大的改進。

　　盡早找題目、搜集資料和動筆，是做好論文的途徑。陳垣給陳樂素的一封信中說：「論文之難，在最好因人所已知，告其所未知。若人人皆知，則無須再說，若人人不知，則又太偏僻太專門，人看之無味也。前者之失在顯，後者之失在隱，必須隱而顯或顯而隱乃成佳作。又凡論文須有新發現，或新解釋，方於人有用。第一搜集材料，第二考證及整理材料，第三則聯綴成文。第一步工夫，須有長時間，第二步亦須有十分三時間，第三步則十分二時間可矣。草草成文，無佳文之可言也。」[2] 同學到學期尾才去想論文題目，最終只能草草成文，功課是交了，也拿到成績，但其實白費了時間。

因為同學沒有時間思考，只是不睡覺趕幾千字出來而已。同學要讀過書籍，看過資料，了解過理論，探求過方法，在腦海中運轉，然後寫出來，才算是經歷了完整的學習過程。

彭明輝《研究生完全求生手冊》總結美國哲學協會所得調查意見，歸納批判思考的六種能力：

1. 分析（analysis）證據、概念、方法和問題脈絡的能力。

2. 評估（evaluation）證據、方法、結果的價值和可靠性等。

3. 對各種證據與事實進行嚴謹的歸納與演繹等推論（inference），以產出新的結論或命題、發現。

4. 解釋（explanation）各種證據的內在關聯或可能的因果連結，以形成規律或理論。

5. 詮譯與解讀（interpretation）各種證據、概念、理論與研究結果的內在意涵（implications）和可能衍生的影響、重要性與價值等。

6. 有能力自行引導與組織（self-regulation）自己的思考活動，以便選擇研究方法，規劃研究活動，尋找證據，從證據中產出可靠的結論或判斷，並且在這過程中主動偵測出自己隱藏的假設或前提，和跳躍的推論等謬誤。[3]

同學完成一篇學期論文後，嘗試問問自己那方面能力進步了，那方面能力有待加強，寫下一篇學期論文時警惕一下自己。畢業的時候，同學才能夠寫出像樣的論文來。

注釋

1　James Clear, *Atomic Habits: An Easy & Proven Way to Build Good Habits and Break Bad Ones* (New York: Penguin Random House, 2018). 中譯本，詹姆斯‧克利爾著，蔡世偉譯，《原子習慣：細微改變帶來巨大成就的實證法則》（台北：方智出版社，2019）。

2　陳智超編注，《陳垣來往書信集》，〈（三〇）一九四〇年一月七日，往函〉（上海：上海古籍出版社，1990），頁 650。

3　彭明輝，《研究生完全求生手冊：方法、秘訣、潛規則》，第 4 章〈恩師與廉價勞工 —— 指導教授與研究能力的養成〉，頁 68-69。

附錄

附錄一

《史記・晉世家》

　　十四年，靈公壯，侈，厚斂以彫牆。從臺上彈人，觀其避丸也。宰夫胹熊蹯不熟，靈公怒，殺宰夫，使婦人持其屍出弃之，過朝。趙盾、隨會前數諫，不聽；已又見死人手，二人前諫。隨會先諫，不聽。靈公患之，使鉏麑刺趙盾。盾閨門開，居處節，鉏麑退，歎曰：「殺忠臣，君弃命，罪一也。」遂觸樹而死。

　　初，盾常田首山，見桑下有餓人。餓人，示眯明也。盾與之食，食其半。問其故，曰：「宦三年，未知母之存不，願遺母。」盾義之，益與之飯肉。已而為晉宰夫，趙盾弗復知也。九月，晉靈公飲趙盾酒，伏甲將攻盾。公宰示眯明知之，恐盾醉不能起，而進曰：「君賜臣，觴三行可以罷。」欲以去趙盾，令先，毌及難。盾既去，靈公伏士未會，先縱齧狗名敖。明為盾搏殺狗。盾曰：「弃人用狗，雖猛何為。」然不知明之為陰德也。已而靈公縱伏士出逐趙盾，示眯明反擊靈公之伏士，伏士不能進，而竟脫盾。盾問其故，曰：「我桑下餓人。」問其名，弗告。明亦因亡去。¹

《左傳‧宣公二年》

晉靈公不君：厚斂以彫牆；從臺上彈人，而觀其辟丸也；宰夫胹熊蹯不熟，殺之，寘諸畚，使婦人載以過朝。趙盾，士季見其手，問其故，而患之。將諫，士季曰：「諫而不入，則莫之繼也，會請先，不入，則子繼之。」三進，及溜，而後視之，曰：「吾知所過矣，將改之。」稽首而對曰：「人誰無過，過而能改，善莫大焉。《詩》曰：『靡不有初，鮮克有終。』夫如是，則能補過者鮮矣。君能有終，則社稷之固也，豈惟群臣賴之。又曰：『袞職有闕，惟仲山甫補之』，能補過也。君能補過，袞不廢矣。」

猶不改。宣子驟諫，公患之，使鉏麑賊之。晨往，寢門闢矣，盛服將朝。尚早，坐而假寐。麑退，歎而言曰：「不忘恭敬，民之主也。賊民之主，不忠；棄君之命，不信。有一於此，不如死也。」觸槐而死。

秋九月，晉侯飲趙盾酒，伏甲，將攻之。其右提彌明知之，趨登，曰：「臣侍君宴，過三爵，非禮也。」遂扶以下。公嗾夫獒焉，明搏而殺之。盾曰：「棄人用犬，雖猛何為！」鬥且出。提彌明死之。

初，宣子田于首山，舍于翳桑，見靈輒餓，問其病。曰：「不食三日矣。」食之，舍其半。問之。曰：「宦三年矣，未知母之存否，今近焉，請以遺之。」使盡之，而為之簞食與肉，寘諸橐以與之。既而與為公介，倒戟以禦公徒而免之，問何故。對曰：「翳桑之餓人也。」問其名居，不告而退，遂自亡也。[2]

附錄二

劉昌詩《蘆浦筆記‧辨諸葛武侯疏脫誤句讀》

（胡）洵直謹按：〈蜀志‧諸葛武侯傳〉，載其五年所上後主疏云：「今南方已定，兵甲已足，當獎率三軍，北定中原，庶竭駑鈍，攘除姦凶，興復漢室，還于舊都。此臣所以報先帝，而忠陛下之職分也。至於斟酌損益，進盡忠言，則攸之、禕、允之任也。願陛下責臣以討賊興復之效，不效，則治臣之罪，以告先帝之靈。責攸之、禕、允等之慢，以彰其咎。」蓋武侯以興復自任，故以謂不效則治其罪，以告先帝之靈。若攸之、禕、允，則任斟酌損益，進盡忠言而已，興復非其任也。武侯不效而遽責之，某恐三子者宜有所不服，武侯必不然也。又至于斟酌損益，進盡忠言，攙於武侯自敘之間，文意皆不相接續。某疑其句讀有所脫誤，而不敢以臆斷之。乃取《文選》所載〈武侯表〉較之，亦同。而李善、五臣皆無說。又觀《蘇內翰集》，見其稱武侯此〈表〉，與〈伊訓〉、〈說命〉相表裏，亦未嘗疑其脫誤。然某之疑終不能釋。因于〈蜀志〉反復求之，乃得之於〈董允傳〉。云：「亮將北征，住漢中，以允秉心公，亮欲任以宮省之事。上疏曰：『侍中郭攸之、費禕、侍郎董允等，先帝簡拔以遺陛下，至於斟酌損益，進盡忠言，則其任也。愚以為宮中之事，事無大小，悉以咨之，必能裨補缺漏，有所廣益，若無興德之言，則戮允等，以彰其慢。』」乃知脫誤

之處。兼董允止稱侍郎，蓋其本傳所歷之官也。因以〈武侯〉、〈董允傳〉，及《文選》參而補之，遂為全文。[3]

附錄三

　　舊唐書壹捌肆宦官傳吐突承璀（新唐書貳佰柒宦者傳上吐突承璀傳同）略云：

　　吐突承璀幼以黃門直東宮，憲宗即位，授內常侍，知內侍省事，俄授左軍中尉。[元和] 四年王承宗叛，詔以承璀為河中等道赴鎮州行營兵馬招討等使。諫官上疏相屬，皆言：「自古無中貴人為兵馬統帥者」，憲宗不獲已，改為充鎮州已東招撫處置等使。出師經年無功，承璀班師，仍為禁軍中尉。段平仲抗疏，極論承璀輕謀弊賦，請斬之以謝天下。憲宗不獲已，降為軍器使，俄復為左衞上將軍知內侍省事，出為淮南節度監軍使，上待承璀之意未已，而宰相李絳在翰林時數論承璀之過，故出之。八年欲召承璀還，乃罷絳相位。承璀還復為神策中尉。惠昭太子薨，承璀建議請立灃王寬為太子，憲宗不納，立遂王宥。穆宗即位，銜承璀不佑己，誅之。

　　同書壹陸肆李絳傳（新唐書壹伍貳李絳傳多採李相國論事集，可參讀）云：

　　吐突承璀恩寵莫二，是歲（元和六年）將用絳為宰相，前一日出承璀為淮南監軍，翌日降制，以絳為中書侍郎同中書門下平章事。同列李吉甫便僻善逢迎上意，絳梗直多所規

諫，故與吉甫不協。時議者以吉甫通於承璀，故絳尤惡之。

同書壹肆捌李吉甫傳（新唐書壹肆陸李栖筠傳附吉甫傳同）云：

劉闢反，帝（憲宗）命誅討之，計未決，吉甫密贊其謀，兼請廣徵江淮之師，由三峽路入，以分蜀寇之力，事皆允從，由是甚見親信。淮西節度使吳少陽卒，其子元濟請襲父位，吉甫以為淮西內地，不同河朔，且四境無黨援，國家常宿數十萬兵以為守禦，宜因時而取之。頗叶上旨，始為經度淮西之謀。

新唐書貳佰壹文藝傳上元萬頃傳附義方傳（通鑑貳叄捌元和七年正月辛未條同）云：

歷虢商二州刺史福建觀察使，中官吐突承璀閩人也，義方用其親屬為右職，李吉甫再當國，陰欲承璀奧助，即召義方為京兆尹。（寅恪案：新唐書及通鑑俱採自李相國論事集）。[4]

附錄四

周振甫《文章例話・找問題》舉蘇洵〈高祖論〉為例：

這裏指出又一種讀書的方法，就是注意在一篇內或一書內找問題，找到了問題，再結合原文來求解答。……

蘇洵的〈高祖論〉也可以說是體現了這種讀書方法。《史記・高祖本紀》，記高祖病危時，對呂后說：「周勃厚重少文，然安劉氏者，必勃也，可令為太尉。」蘇洵讀到這裏，

就發生疑問，說：「方是時，劉氏安矣，勃又將誰安耶？」當時天下已定，凡是可以威脅劉邦政權的大將，像韓信、彭越、英布等都已殺了，那麼劉邦這話是甚麼意思呢？蘇洵抓住這個疑問進行探索，認為「故吾之意曰：高帝之以太尉屬勃也，知有呂氏之禍也。雖然，其不去呂后，何也？勢不可也」。又抓住另一個疑問，為甚不去呂后？「獨計以為家有主母，而豪奴悍婢不敢與弱子抗。呂后佐帝定天下，為諸侯大臣素所畏服，獨此可以鎮壓其邪心，以待嗣子之壯。故不去呂氏者，為惠帝計也」。蘇洵認為劉邦擔心他死後，他的兒子（惠帝）年輕，駕馭不了將相大臣諸侯王，所以在他兒子長成之前，還要依靠呂后來理政。

接着，蘇洵又找到另一個問題：「呂后既不可去，故削其黨以損其權，使雖有變而天下不搖。是故以樊噲之功，一旦遂欲斬之而無疑。嗚呼，彼獨於噲不仁耶！且噲與帝偕起，拔城陷陣，功不為少。方亞父嗾項莊時，微（非）噲譙（責備）讓羽，則漢之為漢，未可知也。」在劉邦病危時，有人告樊噲是呂后一黨，一朝劉邦去世，樊噲要用兵來殺戚姬和趙王如意。劉邦大怒，派陳平和周勃到軍隊中去，命周勃代替樊噲帶兵，就在軍中殺死樊噲。陳平怕呂后，把樊噲抓住了送到京裏，那時劉邦已死，呂后就釋放了樊噲。在呂后生前，樊噲就病死了。樊噲在建立漢朝的戰爭中不光立了許多功，還在鴻門會上當范增（亞父）指使項莊舞劍要刺殺劉邦時，他不顧個人安危，衝進營門指責項羽，使得項羽無言對答，形勢和緩，劉邦借機脫身。樊噲有這樣大功，劉邦

卻因為有人控告，不把事情的真假調查清楚就要殺他，這是一個問題。蘇洵把這個問題同劉邦說的「安劉氏者必勃也」結合起來，指出「呂氏之族若產、祿輩，皆庸才不足恤，獨嚪豪健，諸將所不能制。後世之患，無大於此矣。夫高帝之視呂后也，猶醫者之視菫也，使其毒可以治病，而不至於殺人而已。樊嚪死，則呂氏之毒，將不至於殺人，高帝以為是足以死而無憂矣。彼平、勃者，遺其憂者也」。

　　蘇洵這篇著名的文章，就是能夠從記載中提出問題，得出一個前人沒有提到過的看法。它同蘇軾一篇的不同處，就是他不光看到一個問題，還看到了另一個問題，把這兩個問題結合起來，使他提出的看法，顯得更有說服力。[5]

附錄五

蘇洵〈高祖〉：

　　漢高祖挾數用術，以制一時之利害，不如陳平；揣摩天下之勢，舉指搖目以劫制項羽，不如張良。微此二人，則天下不歸漢，而高帝乃木彊之人而止耳。然天下已定，後世子孫之計，陳平、張良智之所不及，則高帝常先為之規畫處置，以中後世之所為，曉然如目見其事而為之者。蓋高帝之智，明於大而暗於小，至於此而後見也。

　　帝嘗語呂后曰：「周勃厚重少文，然安劉氏必勃也。可令為太尉。」方是時，劉氏既安矣，勃又將誰安邪？故吾之

意曰：高帝之以太尉屬勃也，知有呂氏之禍也。

　　雖然，其不去呂后，何也？勢不可也。昔者武王沒，成王幼，而三監叛。帝意百歲後，將相大臣及諸侯王有武庚祿父者，而無有以制之也。獨計以為家有主母，而豪奴悍婢不敢與弱子抗。呂后佐帝定天下，為大臣素所畏服，獨此可以鎮壓其邪心，以待嗣子之壯。故不去呂氏者，為惠帝計也。

　　呂后既不可去，故削其黨以損其權，使雖有變而天下不搖。是故以樊噲之功，一旦遂欲斬之而無疑。嗚呼！彼豈獨於噲不仁耶？且噲與帝偕起，拔城陷陣，功不為少矣。方亞父嗾項莊時，微噲誚讓羽，則漢之為漢，未可知也。一旦人有惡噲欲滅戚氏者，時噲出伐燕，立命平、勃即斬之。夫噲之罪未形也，惡之者誠偽未必也，且高帝之不以一女子斬天下之功臣，亦明矣。彼其娶於呂氏，呂氏之族若產、祿輩皆庸才不足郵，獨噲豪健，諸將所不能制，後世之患，無大於此矣。夫高帝之視呂后也，猶醫者之視堇也，使其毒可以治病，而無至於殺人而已矣。樊噲死，則呂氏之毒將不至於殺人，高帝以為是足以死而無憂矣。彼平、勃者，遺其憂者也。噲之死於惠之六年也，天也。使其尚在，則呂祿不可紿，太尉不得入北軍矣。

　　或謂噲於帝最親，使之尚在，未必與產、祿叛。夫韓信、黥布、盧綰皆南面稱孤，而綰又最為親幸，然及高祖之未崩也，皆相繼以逆誅。誰謂百歲之後，椎埋屠狗之人，見其親戚乘勢為帝王而不欣然從之邪？吾故曰：彼平、勃者，遺其憂者也。[6]

注釋

1　〔漢〕司馬遷，點校本《史記》修訂組，《點校本二十四史修訂本〈史記〉》，卷 39，〈晉世家〉，頁 2018-2020。

2　楊伯峻編著，《春秋左傳注（修訂本）》，冊下，頁 655-662。

3　〔宋〕劉昌詩著，張榮錚、秦呈瑞點校，《蘆浦筆記》（北京：中華書局，1986），卷 2，〈辨諸葛武侯疏脫誤句讀〉，頁 14。

4　陳寅恪，《唐代政治史述論稿》，收入陳寅恪著，陳美延編，《陳寅恪集》，頁 288-290。陳寅恪《唐代政治史述論稿》引文與《舊唐書》原文有出入，同學務必注意。此處錄陳寅恪書內容。

5　周振甫，〈找問題〉，《文章例話》，頁 40-41。

6　〔宋〕蘇洵著，曾棗莊、金成禮箋注，《嘉祐集箋注》（上海：上海古籍出版社，1993），卷 3，〈高祖〉，頁 72-74。

《中文學術寫作入門

范家偉 著

責任編輯　　張佩兒
裝幀設計　　簡雋盈
排　　版　　楊舜君
印　　務　　劉漢舉

出　　版　　中華書局（香港）有限公司
　　　　　　香港北角英皇道 499 號北角工業大廈 1 樓 B
　　　　　　電話：(852) 2137 2338　傳真：(852) 2713 8202
　　　　　　電子郵件：info@chunghwabook.com.hk
　　　　　　網址：http://www.chunghwabook.com.hk

發　　行　　香港聯合書刊物流有限公司
　　　　　　香港新界荃灣德士古道 220-248 號
　　　　　　荃灣工業中心 16 樓
　　　　　　電話：(852) 2150 2100　傳真：(852) 2407 3062
　　　　　　電子郵件：info@suplogistics.com.hk

印　　刷　　美雅印刷製本有限公司
　　　　　　香港觀塘榮業街 6 號海濱工業大廈 4 樓 A 室

版　　次　　2023 年 12 月初版
　　　　　　© 2023 中華書局（香港）有限公司

規　　格　　特 16 開（210mm×150mm）

ISBN　　　　978-988-8861-15-6